―― 長編官能小説 ――

店長は美人妻

〈新装版〉

八神淳一

竹書房ラブロマン文庫

目次

第一章　美熟のスーパー

1

「岡崎《おかざき》くん、初日から悪いけど、ちょっと残業に付き合ってくれないかしら」

閉店の一時間前、ペットボトルの補充をしていると、背後から声を掛けられた。

岡崎裕太《ゆうた》は作業の手を止めて、振り向いた。

はっと目を引く美貌が、すぐそばにある。美しい黒目で、裕太を見つめている。

スーパー、北条屋《ほうじょうや》のS支店店長の白瀬愛梨《しらせあいり》だ。

「今日、なにか予定はある？」

「すいません……ちょっと、友達と会う約束をしていまして……」

「ああ、そうなの。だったらいいわ。ごめんなさいね。急に頼んだりして」

「いいえ、こっちこそ、すいません……」

と裕太は頭を下げる。すると、白い太腿《ふともも》が目前に迫ってきた。

店長の愛梨はミニ丈のスカートを穿いている。つねにそこから三分の一ほど太腿が露出していて、目にするたびにどきりとした。

顔を上げると、今度はブラウスの胸元が目に入ってくる。こちらは、高く張っている。かなりの巨乳だと想像出来た。

愛梨は鮮魚売り場の方へと歩み去る。その後ろ姿に、裕太はしばし見惚《みと》れた。

岡崎裕太は二十歳の大学二年生だ。今日から、この北条屋でバイトをはじめていた。

「いい足だよな」

隣で声がして、はっとする。いつの間にか、バイトの先輩の長谷川《はせがわ》が立っていた。

長谷川が隣に来たのも気付かないくらい、店長の白瀬愛梨の足に見惚れていたようだ。

「スタイル抜群、たまらないよ」

「そうですね」

「今、人妻店長と残業の話をしたんだろう」

「人妻店長？　……白瀬店長のことですか」

「そうだよ。あの人は三十二歳の人妻で、旦那は今、東南アジアに単身赴任中だ」

「へえ、知りませんでした」

長谷川は裕太と同じ大学の三年生で、一つ上の先輩だった。

北条屋でバイトをはじめて半月ほどになるという。ここで知り合ったばかりだ。

「残業、やるんだろう」

「いいえ。今日は友達と会う約束があって……」

「まさか、断ったのか」

「はい。すいません……」

「その友達というのは、女だよな」

「いいえ……」

「野郎なのか」

「はい」

「おいおい、野郎と会う約束を優先して、人妻店長の誘いを断ったのかよ」

「誘いって……残業ですよね」

「残業っていうのは、人妻店長と俺たちだけになるってことだぞ」

「そうですね……」

「おいしいことが、あるかもしれないじゃないか」

「おいしい、ことですか……」

「あるかもじゃなくて、絶対、あるぞ、岡崎」

長谷川は自信ありげな表情で、そう言った。

「男なんかと会っている場合じゃないだろう」

「でもまあ、約束ですし……」

「いい女からの誘いは、なによりも優先しないと駄目だぞ、岡崎。今からでも遅くない。予定をキャンセルしてもらえよ」

「は……はい、わかりました」

裕太は長谷川の勢いに押され、バイトの後に会う約束をしていた友達に電話を掛けて、残業を命じられてしまって、と一緒に飯を食べる約束を断った。

そしてすぐに、白瀬愛梨に伝えるべく、人妻店長を探した。

やれやれ、今日は残業か。ドタキャンは友達に悪かったなあ。

だが、長谷川は悪気もなく、心から残業を勧《すす》めてくれていたので、不思議と嫌ではなかった。

愛梨は牛乳が陳列されているコーナーにいた。前屈《かが》みになって、牛乳パックを整理している。

裕太はしばし、愛梨のヒップラインに見惚れた。

ミニスカートはタイト気味で、ぴったりと愛梨の双臀《そうでん》に貼り付いている。だから、むちっと盛り上がった人妻のヒップラインが堪能出来た。

前屈みになっているため、ヒップを突き出す恰好《かっこう》となり、見ていると、思わず手を伸ばしたくなる。

太腿といい尻といい、なんともそそる身体をしていた。この身体を自由に出来る夫がうらやましかった。

でもその夫は今、愛梨のそばにはいない。夫なのに、この身体を抱けないなんて、さぞかしつらいだろう。

愛梨が振り向いた。美しい黒目で、どうしたのかしら、と問うてくる。

ヒップを見ていたことがばれたような気がして、思わず、

「すいません」

と謝っていた。

いきなり謝られた人妻店長の方は、怪訝《けげん》な表情となる。

「あ、あの……残業、大丈夫になりました。友達からメールが来ていて、用があって、会えなくなったとありました」

「あら本当に？　良かったわ。じゃあ、お願いね」

愛梨がそう言って、輝くような笑顔になる。

長谷川の言う通りにして良かった、とはやくも思った。


閉店は午後の九時だった。レジ担当や総菜担当のおばさんパートたちは、お疲れ様、と帰り、広い店内に、人妻店長と長谷川と裕太だけが残った。

「今夜は、天井の電球を五つ、交換したいの」

脚立《きゃたつ》を持ってきて、と言われて、裕太は長谷川と二人で運んできた。

脚立に上がろうとする愛梨を見て、

「店長、僕がやりますよ」

と長谷川が言った。

「じゃ、おねがいね」

と愛梨は脚立を支える。裕太も反対側から支えた。店内の天井は高く、脚立も長かった。二人で支えておかないと、ふらついた。

長谷川が上がっていく。ポロシャツにスラックス姿だ。最上段まで昇り、電球を掴もうと、両手を伸ばす。

すると脚立がよろめいた。裕太は力を入れて、支えようとする。

が、さらに脚立が揺れた。どうしてこんなに揺れるんだ、と思っていると、あっ、と上から声がした。

長谷川が足を踏み外して、落ちてきた。

左右から愛梨と裕太で脚立を支えていたが、長谷川は人妻店長に向かって、落下していった。

「あっ……」

愛梨が長谷川を抱き止めた。抱き合ったまま倒れていく。

「店長っ、先輩っ」

裕太が走り寄ると、長谷川は愛梨の胸元に顔を埋めていた。

大丈夫かしら、と愛梨はバストに顔を押しつけている長谷川の頭を、心配そうに撫でている。

長谷川がにやけていることに、裕太は気付いた。

どうやら人妻店長に抱きつき、高く張ったバストに顔を埋めるために、捨て身のダイブを敢行したようだった。

何度かぐりぐりと顔面を愛梨のバストにこすりつけた後、ううっ、とうなりつつ、やっと長谷川は上体を起こした。

「ケガはない？　ああ、よかったわ」

愛梨がとびきりの笑顔を長谷川に向ける。顔と顔が近い。今にも唇と唇が触れそうな距離だ。

「すいません……店長こそ、大丈夫ですか？　頭打ったりしていませんか」

「ううん。私は大丈夫よ」

よかったです、と言いつつ、長谷川が起き上がろうとする。が、そこでよろめき、ブラウス越しにバストを摑んでいた。

あっ、と声をあげたのは、裕太だった。

愛梨の方は、ふらふらするのかしら、とバストを摑まれながらも、案じるように長谷川を見ている。

「大丈夫です。すいません」

愛梨と長谷川が立ち上がった。長谷川は図々しくもバストを摑んだままだ。

やっとそれに気付いた愛梨が、優美な頰を赤くさせた。

それを見て、長谷川は自分がやっていることにはじめて気付いたような顔をして、すいませんっ、とあわてて手を引いた。

愛梨は咎《とが》めることなく、今度は私が昇ります、と言った。

「店長が、上がるんですか」

「はい。支えていてね」

そう言うと、愛梨が脚立を昇りはじめた。右から長谷川が支え、左から裕太が支える。

言うまでもなく、愛梨はミニスカ姿だ。パンストも穿いていない。

やわらかそうな生のふくらはぎが、おいしそうな生の太腿が、見てください、と言わんばかりの状態になっている。

愛梨が足を上げるたびに、ミニの裾がたくし上がっていく。

普段は三分の一ほどしか見ることが出来ない人妻店長の太腿が、じわじわとあらわになっていく。

しかも、愛梨のミニスカを下から見上げる形となっている。

なんという素晴らしい眺めなのか。長谷川と目が合った。残業して良かっただろう、とその目は言っている。

ありがとう、先輩、と裕太は目で感謝を伝える。

人妻店長の太腿を見上げつつ、長谷川も裕太も幸福にひたった。

愛梨が脚立の上に昇った。両手を伸ばして、電球を摑もうとする。が、ぎりぎり届かない。踵《かかと》を上げて、さらに両腕を上げていく。

ミニの丈もそれにつられてさらにたくしあがり、ついに、太腿の付け根近くまであらわとなった。

裕太が目にしているのは、人妻店長の太腿だけではなかった。

下からのぞきあげる形になっているため、太腿の付け根にあるパンティまで、見えてしまっていた。

白だった。それもかなり透明感のある白だ。

だから透けて見えていた。人妻店長の恥毛が。

ああ、なんて眺めなんだ。

バイトの初日からこんな僥倖《ぎようこう》に遭《あ》うなんて、なんてラッキーなんだ。

ちらりと長谷川を見ると、腑抜《ふぬ》けのようなだらしない顔をして、愛梨の股間を見上げている。

きっと俺も同じような顔をしているはずだ、と裕太は思った。

やがて、五つの電球を替え終わった。作業はすべて人妻店長がやり、その間、裕太と長谷川は愛梨の太腿とパンティが食い込む股間を、下からのぞき放題だった。

もう今後ひと月、無給で働いてもいいとさえ思った。

「今日はありがとう」

愛梨だけ汗をかいている。頬に貼り付いた髪の毛を梳《す》き上げる仕草から、人妻らしい色香が匂った。

帰り際に店の外の自動販売機で、愛梨は缶コーヒーを買ってくれて、それを三人で飲んだ。

それだけで、裕太は幸せだった。いつしか、愛梨に惚れている自分に気づいた。

2

長谷川といっしょに帰った。二人とも自転車を使っている。軽くなにか食べようと言われ、ファミレスに寄った。

「今日はありがとうございました。今日は先輩のお陰で、いいものを見られました」

「良かったな」

「先輩、あれはわざと、落ちたんですよね」

脚立から、人妻店長に向かってダイブしたことを聞いた。

「もちろんだよ。偶然、あんなにうまく、落ちられるわけない。人妻店長にケガをさせず、あのおっぱいに顔を埋めるように、狙って落ちたんだ」

そう答えると、長谷川はごくごくと水を飲んだ。あの時のことを思い出して興奮してきたようだ。

裕太も喉の渇きを覚え、水を飲み干した。

「しかも、揉みましたよね」

「それだよ。あれは、つい手が伸びてしまったんだ。計画にはないことで、摑んだ瞬間、やばい、と思ったんだが、摑まれたことに気付いた人妻店長の方が、恥じらっていたよな」

「そうですね。それであの……揉み心地はどうでしたか」

「最高だったよ。ブラウスとブラ越しだったけど、揉んでいるだけで、射精しそうになったよ」

「ああ、最高でしたか……いいなあ」

「おまえも脚立に上がって、人妻店長に向かって、ダイブすればよかったのに」

「そんなこと……」

「チャンスだったんだぞ」

「そうですね……」

頼んだパスタがやってきた。なかなか可愛いウェイトレスだ。

「だいたいお前は、野郎との約束を優先して、人妻店長の誘いを断るってところから間違っているぞ」

「そうですね……」

「俺なんかあの人とやるために、あのスーパーでバイトすることにしたんだ」

「えっ……」

「ずっと働いていたファーストフードの店をやめて、北条屋で働いているんだよ」

「人妻店長と……その……やりたいためだけに……その……バイト先を変えたんですか」

「岡崎はこれまで、どんなところでバイトしてきたんだい」

とパスタを食べつつ、長谷川が話を変えてきた。

「そうですね。レンタルビデオ屋とか、牛丼屋とかですかね」

「それだから、駄目なんだよ」

「なにがですか」

「そこには、いい女はいたかい」

「いえ、レンタルビデオ屋は男ばかりだし、牛丼屋に女はいましたが、おばちゃんばかりだったし」

「どうして、そんなところでバイトするんだ」

「時給が良かったから」

「馬鹿だな。バイト先を選ぶ基準は時給じゃなく、いい女がどれだけいるかどうかで決めるんだよ。それだけだ」

「そうなんですか」

「岡崎は、童貞だろう」

「えっ……ま、まあ……」

裕太は女を知らないどころか、キスの経験さえまだない。

中学生の頃は高校に行ったら彼女が出来るだろうと期待し、高校生の時はさすがに大学生になったらキスくらい出来るだろう、と思っていたが、大学二年になってもガールフレンドの一人もいなかった。

「岡崎、おまえはイケメンか」

「い、いいえ……」

「うん、並だよな。並なら、積極的に動いていかないと、待ちの姿勢じゃ、いつまで経《た》っても童貞のままだぞ」

「はあ……」

「イケメンだったら、嫌でも女の方から寄ってくる。けど、俺もおまえも並だ。いや、並以下かもしれない。そうなると、行動力が左右するんだ。常に女がいる場所にいなくちゃだめだ。常に女のことを優先しなくちゃ駄目なんだ」

「なるほど」

長谷川の言う通りにして残業したお陰で、白瀬愛梨の太腿だけじゃなく、パンティが食い込む股間まで拝めたわけだし、長谷川に至っては、白瀬愛梨のバストに顔を埋めただけではなく、摑んでもいた。

まさに行動力だ。

「俺は必ず、人妻店長とやるぞ。俺を見て、行動力をつければ、岡崎もあのスーパーで童貞を卒業することが出来るぞ」

「僕でも出来ますか」

「ああ、出来るさ」

なんて頼もしい言葉なのか。ありがとうございますっ、と裕太は頭を下げていた。

3

確かに北条屋には、店長の愛梨以外にもいい女がいた。

まずはなんといっても、レジ担当の三浦由衣《みうらゆい》だ。長谷川の情報によると、M女子大の二年生らしい。二十歳だ。

ストレートの黒髪が似合う清廉《せいれん》な印象の美女だ。長谷川の見立てでは、処女間違いなしらしい。

裕太もそう思った。そうあって欲しかった。童貞男の勝手な願望である。

二人めは花屋の麻生紗耶香《あそうさやか》。ボブカットが似合う、凛《りん》とした美人だ。長谷川の情報によると、二十五歳、独身らしい。

花屋はスーパーの入り口付近で開いていて、出店《でみせ》の形をとっている。スーパーに場所代を払って営業していた。

そしてもう一人、長谷川にいろいろ情報を教えている女がいた。店内でクリーニングの受け付けをやっている大橋珠樹《おおはしたまき》だ。

珠樹は色香があふれる熟女で、二年前に夫を亡くした未亡人らしい。三十七歳で、熟れ熟れのボディをしていた。

裕太の主な仕事は商品の補充である。

スーパーにはいろんなものが搬入される。それを受け取り、段ボール箱を運び、開き、欠品を補充する。その繰り返しである。

人妻店長の愛梨は店長室にこもることなく、よくフロアに出ていた。

タイトミニから伸びたすらりとした足を運びつつ、いらっしゃいませ、と客に声を掛け、陳列の乱れを直している。

そんな愛梨の働く姿を見ているだけでも、裕太は幸せだった。

北条屋は首都圏に展開しているスーパーだったが、三十ある支店の中で、女の店長ははじめてらしい。

しかも愛梨はまだ三十二歳である。大抜擢と言ってもいいらしい。

その抜擢をした男が姿を見せた。地域統括の村田洋三《むらたようぞう》である。

愛梨に声を掛けず、後ろから舐めるような目で、ミニからあらわな太腿やふくらはぎを見ている。

裕太や長谷川だって、そんな目で人妻店長を見ているはずだが、なぜかこの男の目つきを見ていると、嫌な感じがした。

愛梨が村田に気付いた。笑顔が強張《こわば》ったのがわかった。

村田が軽く手を上げて、店長室へと向かう。その後に、愛梨が従う。

『地域統括の村田が上に強く推薦して、はじめての女店長が決まったらしい。だから、愛梨と村田は出来ているんじゃないか。あの身体で、店長の座をゲットしたんじゃないか、という噂も流れているらしい』

と長谷川が言っていた。

『でも、二人はまだ出来てはいない、というのが、珠樹さんの読みだ。でも、時間の問題かもしれない、とも言っていた』

長谷川はクリーニング屋の熟女とは、すでに珠樹さんと名前で呼ぶ仲になっていた。

愛梨と村田が店長室に消えると、中が気になる。

「やったりはしていないと思うけど、フェラくらいはしているかも」

隣にやってきた長谷川がそう言った。

「人妻店長はそんな人じゃないですよ」

白瀬愛梨のことなどほとんど知らなかったが、裕太はそう言い切った。これも童貞男の願望に過ぎなかった。

その夜、新人バイトの歓迎会が開かれた。一次会には総勢十五人ほどが集まったが、おばさんのパートたちは家があるからと一時間ほどで帰宅し、二次会では人妻店長、レジの新人の三浦由衣、クリーニング屋の熟女の大橋珠樹、そして、長谷川と裕太の五人が残った。

男二人以外は、年代別の美人揃いだ。

場所はこぢんまりとした飲み屋だった。座敷に上がっている。

裕太の右隣に人妻店長が座り、はやいピッチでビールを飲んでいる。

ミニの裾が大胆にたくし上がり、あぶらの乗った太腿がほとんど露出していた。

じろじろ見てはいけない、と思いつつ、どうしても白い太腿に目を向けてしまう。

左隣には、大橋珠樹が座っている。こちらはミニではなかったが、むせんばかりの熟女の匂いがぷんぷん匂ってきていた。

「ご主人は東南アジアに単身赴任されているんですか」

とテーブルの差し向かいに座っている三浦由衣が聞いてきた。由衣は酒に強くないらしく、乾杯のひと口だけで、優美な頬を赤くさせている。それがなんとも可愛い。

「私の店長就任が決まった時に、主人の東南アジアへの長期出張も決まったの」

「ご主人は、電機メーカーのお仕事をなさっているのよね」

と情報通の珠樹が聞く。

「はい。タイに新しい工場を作ることになって、進出の根回しのために、主人が現地に、半年か一年ほど在住することになったんです。ただ、最長でも一年なので、単身で行くことになったんです」

「新婚さんなのにね」

「いいえ、新婚だなんて、そんな。もう、結婚して二年になります」

「一番いい時期でしょう。あっちの方が」

と珠樹が言い、愛梨は、えっ、という表情を見せたが、あっちの意味がわかったのか、そんなことありません、と言って、ビールで赤い美貌をさらに真っ赤にさせていった。

ああ、たまらない。右を向けば人妻店長の太腿、正面には、処女と予想される由衣の愛らしい顔があり、左隣からは、むんむんとした牝のフェロモンが匂ってきている。

こんな席なのに、裕太は勃起させていた。スラックスの前がふくらみつつある。

「地域統括、今日も顔を見せたわね」

「はい……」

「いじめられているんじゃないのかしら」

と珠樹が聞く。即座に否定するかと思ったが、愛梨はなにも口にしなかった。

悲しそうな目で珠樹を見つめる。

なんだ。やはり、店長室で、なにかあったのか。

村田が帰った後、愛梨はフロアに出てきたが、あまり笑顔は見られなかった。時折、考え込むような表情を見せていた。

ただ、そんな表情を見せる愛梨に、裕太は男としての昂《たか》ぶりを覚えてもいた。店長室で村田のペニスを嫌々しゃぶらされている愛梨を想像し、倒錯した喜びを覚えていたのだ。けれど、そんな自分に自己嫌悪も覚えていた。

「売り上げがなかなか上がらなくて……」

「元々、この店は車で十分くらいのところに新しいショッピングセンターが出来てから、売り上げが低迷しているのよね。そこに、白瀬さんが来たんだけど」

と珠樹が言う。

「はじめての女性店長なんで、失敗したくないんです。女に任せてみたけど、やっぱり駄目だった、とは言わせたくないんです」

「そうね」

と珠樹が言い、由衣も真摯《しんし》な表情でうなずいている。

長谷川がおとなしいな、と裕太は珠樹の差し向かいに座っている先輩を見る。長谷川はこちらに視線は向けていたが、話は聞いていないように見えた。どうしたんだろう。

と、長谷川が身体をぶるっと震わせ、あっ、と声をあげた。

隣の由衣が怪訝な顔で、長谷川を見た。

それには気づかず、愛梨は言葉を続けていく。

「このまま売り上げが上がらないと、撤退する、という話が出ていると、今日、地域統轄から言われました」

「撤退……それは困るわ」

と珠樹が言う。

「支店を潰した女店長なんて、言われたくないんです」

そう言って、愛梨がさらにビールを飲んでいく。

「そうね。頑張りましょう」

「はい、頑張ります。絶対、売り上げを上げてみせます」

裕太もうなずきつつ、鳥の唐揚げを口に運んでいると、足元に落としてしまった。

あわてて畳に落ちた唐揚げを拾おうとする。

その時、予想外のものが裕太の目に飛び込んできた。

珠樹が足を伸ばし、爪先で長谷川の股間をなぞっていたのだ。しかも、スラックス越しではなく、すでにジッパーが下げられ、その中に珠樹の爪先が入っていた。

もっこりとさせたトランクス越しに撫でていた。

唐揚げを取りつつ顔を起こすと、裕太は珠樹を見た。すると、股間に違和感を覚えた。

あっ、と思って股間を見ると、珠樹が白い手を伸ばし、裕太のスラックスの股間を撫ではじめていたのだ。

大橋さん、と裕太は珠樹を見つめる。

珠樹は、

「売り上げを伸ばして、村田をぎゃふんと言わせましょうよ」

と言いつつ、裕太の股間を撫で続けている。

その手が離れた。良かった、と思ったのも束《つか》の間《ま》、スラックスのジッパーを下げられはじめた。

「お、大橋さん……」

「どうしたの、岡崎くん」

珠樹が妖艶な目で見つめつつ、ジッパーの中に手を入れてきた。

ボクサーパンツの上から、勃起させたペニスを摑んでくる。

「あっ……」

裕太はさっきの長谷川のように甲高《かんだか》い声をあげ、下半身を震わせた。まずい、と隣を見たが、愛梨は由衣と話しこんでいる。

由衣が、応援しますから、と言って、愛梨が涙をにじませている。

その隣で、熟女にボクサーパンツ越しにペニスを撫でられていることが信じられない。

「すごく大きいのね」

珠樹が裕太の耳元に顔を寄せて、熱い息を吹きかけるように、そう囁いてきた。

「そ、そうなんですか……」

「ええ、大きいわ。じかに触ってもいいでしょう」

「えっ、そんな……でも、こんなところで……あの……」

「嫌なのかしら」

「いいえ、そんな……」

じかに触ってあげるわ、と言うと、珠樹が手慣れた様子で、ボクサーパンツのサイドから手を忍ばせてきた。

「あっ……」

勃起させたペニスの先端に、自分以外の手を感じ、裕太は声をあげていた。

「どうかしたのかしら」

と由衣と話していた愛梨がこちらに目を向けてきた。

「いいえ、なんでもありません。あの、僕も売り上げが上がるように頑張ります」

「ああ、うれしいわ、岡崎くん」

かなり酔っている人妻店長が、裕太に抱きついてきた。

珠樹のむせんばかりの牝フェロモンに代わって、愛梨のさわやかな色気を感じる匂いに包まれていく。

それだけではない。高く張っているブラウスの胸元が、裕太の胸板に押しつけられている。

もちろんシャツ越しではあったが、生まれてはじめてのバストの感触に、身体が震える。しかも、大胆にも珠樹はペニスをじかに摑んだままだ。

上半身では愛梨を感じ、下半身では珠樹を感じていた。

童貞男には刺激が強すぎる。

「僕も頑張ります、店長」

と長谷川が言う。ありがとう、と愛梨は立ち上がり、ふらふらと長谷川のもとに歩いていく。

かなり酔っている。村田に散々なにか言われたのか、それとも……なにかされたのか……。

「我慢汁が出てきたわね、岡崎くん」

と珠樹が裕太の耳元で囁く。

長谷川はといえば、自分から、愛梨に抱きついている。もちろん、スラックスのジッパーは上げている。

「長谷川くん、ああいうところは、抜け目がないわね。店長に抱きつけるチャンスは絶対逃さないわ」

「そ、そうですね……」

裕太は腰をくねらせていた。珠樹が鎌首《かまくび》を撫でまわしているのだ。鎌首には我慢汁がにじみ、それを潤滑油代わりにして、珠樹が刺激を送ってきていた。

たまらなかった。いつ、暴発してもおかしくなかった。

「歌いましょうっ」

と愛梨が三次会はカラオケボックスにすると、宣言した。

4

そして二十分後。

カラオケボックスの中は、異様な雰囲気に包まれていた。

歌いましょう、と皆を誘った人妻店長は、一度もマイクを持つことなく、眠っていた。由衣は二次会で帰った。

そして今、裕太の真横で、珠樹が長谷川のペニスをしゃぶっている。

裕太はどこに目を向けていいのかわからなかった。そばで眠ってしまっている愛梨のミニは大胆にたくしあがり、今にもパンティがのぞきそうになっていた。

そして反対側では、長谷川のペニスに、珠樹がピンクの舌をからめているのだ。

他人の勃起させたペニスを生で見るのははじめてだった。そしてフェラする女性の顔を生で見るのも、当然はじめてだ。

「ああ、気持ちいいです、珠樹さん。珠樹さんのフェラ、最高です」

長谷川がうんうんうなっている。

「岡崎くんもどうかしら」

長谷川の鎌首をねっとりと舐めつつ、珠樹が妖艶な目で裕太を見上げてくる。

「ど、どうって……」

「なにをしている、岡崎。珠樹さんがおまえのち×ぽをしゃぶってもいいと言ってい るんだぞっ」

色気の塊のような熟女が未亡人だと聞いて、長谷川はバイト初日からアタックしていたらしい。

人妻店長をやるためにバイト先を変えたと言っていたが、熟女の色香に引き寄せられてしまったようだ。

「でも、その……店長が……」

愛梨はここに来てすぐに、寝入ってしまった。その直後から、珠樹がフェラチオを始めたのだ。

「大丈夫、こうしても起きないから」

と言って、珠樹が人妻店長のふくらはぎに手を伸ばしていった。そっと撫でていく。

「あら、うらやましいわ。すごく肌がしっとりしている」

そう言いながら、手を膝から太腿へと上げていく。

「大橋さん……」

熟女が人妻の太腿を撫であげる姿はエロかった。

ボクサーパンツを突き破らんばかりに勃起させているペニスが、さらに太くなっていく。

「さあ、ち×ぽを出してごらんなさい、岡崎くん」

「でも……僕……」

「童貞なんでしょう。知っているわ」

「どうして、知っているんですか」

「わかるもの」

「そ、そうなんですか……」

三浦由衣も、僕が童貞だって、知っているのだろうか。まさか、そんなことはないだろう。珠樹だって、きっと長谷川から聞いたに違いない。

「最初にしゃぶられる相手が私じゃ嫌なんでしょう」

「そんなことは、ありません……」

半分当たっていた。珠樹にしゃぶられるのが嫌ではなくて、キスもしたことないのに、いきなりフェラ初体験というのに戸惑いがあった。

まあ、そんなことをうだうだ考えているから、童貞なのだろうけれど……。

珠樹の唇が、長谷川のペニスに戻った。厚ぼったい唇を開き、野太い先端から咥《くわ》えていく。

「ああ……珠樹さん……」

長谷川が腰をくねらせる。かなり気持ち良さそうだ。

「ああ、あなた……」

愛梨の声に、裕太ははっとなる。見ると、寝入ったままだ。どうやら寝言《ねごと》のようだ。

「長谷川くん、あなた、店長の太腿に触りたいんでしょう」

「はい……」

「いいわよ。触ってごらんなさい」

すいません、と長谷川が愛梨の隣に移動する。驚くことに、珠樹は長谷川のペニスを咥えたまま、いっしょに移動していた。

「やっぱり、おち×ぽは活《い》きのいいのに限るわね。だから、大学生のバイトくんは好きよ」

愛梨の隣に腰掛けた長谷川が、ミニから剝《む》き出しの太腿にそっと手を伸ばしていった。

「先輩……」

「ああ、確かにしっとりすべすべだ。ああ、なにぼおっと見ているんだ、岡崎。おまえも店長の太腿に触ってみろ」

「でも……」

「こんなチャンス、二度とないかもしれないんだぞ。尻込みしてどうする」

長谷川は人妻店長の太腿を触りつつ、未亡人熟女にしゃぶられている。

対して、裕太は見ているだけだ。これでは、AVを見ながらしごいているいつもの俺と変わらないじゃないか。

でも、眠っている愛梨の太腿に触っていいのだろうか。

長谷川の手が太腿の付け根まで伸びていく。すると、

「あっ……あなた……」

と愛梨が口にして、うんっ、とむずかるように鼻を鳴らした。

どうやら、夢の中で、タイに行っている夫に触られていると思っているようだ。

長谷川がさらに愛撫を進めていく。タイトミニの裾がめくれ、パンティが貼り付く恥部があらわとなった。

今日も、人妻店長は白のパンティを穿いていた。色は清楚《せいそ》だったが、デザインはセクシーで、フロント部分がシースルーになっていた。

パンティで恥部を包みつつ、隠すべきところを透け透けの布で覆っていた。

「欲求不満のあらわれだわ」

と愛梨のパンティを見て、珠樹が言った。

「そうなんですか」

「結婚して二年で、三十二でしょう。エッチの良さがわかって、毎晩したくなる年齢なのよ」

「毎晩したくなる……」

「でも、出来ない。かといって、夫以外の男性を誘うことも出来ない。そんな気持ちがパンティにあらわれているのよ」

なるほど、とうなずきつつ、長谷川がパンティ越しにクリトリスをちょんと突いた。

裕太は、まずいっ、と目を閉じた。が、拒む声どころか、あんっ、と甘い喘《あえ》ぎが聞こえてきたのだ。

「ほらね」

と珠樹が言う。

「一年前の私がそうだったから」

珠樹は二年前に夫を亡くして、それからずっと一人でいるという。

夫を亡くして一年間は、亡き夫を思いつつ、悶々としていたという。エッチしたくても、夫以外のペニスを求めることは出来ず、愛梨のようなパンティを穿いていたという。

「でも私は積極的に動くようにしたの」

そう言って、あらためて長谷川のペニスにしゃぶりつく。

「あぁっ……たまらない」

長谷川は腰をくねらせつつ、愛梨のクリトリスをもう一度突く。

すると、

だ。


「あんっ……じれったい……」

と愛梨が甘い声で言ったのだ。

一瞬、カラオケボックスの中の空気が凍りついた。愛梨が目を覚ましたと思ったの
だ。

が、違っていた。

愛梨は目を閉じたままだ。

「ああ、出そうです、珠樹さん……ああっ」

愛梨の敏感な反応に興奮したのか、長谷川が上擦《うわず》った声でそう言った。

「うんっ、うっんっ……うん……」

珠樹の顔が長谷川の股間を上下している。咥えたまま、長谷川を見上げている。そ
の目は、そのまま出して、と言っていた。

「ああっ……珠樹さんっ……ああ、出ますっ」

長谷川は愛梨の太腿を撫でつつ、腰をがくがくと上下させた。

「う、うう……」

珠樹の妖艶な横顔が一瞬、歪《ゆが》んだ。がすぐに、うっとりとした表情となり、長谷川
の射精を喉で受けていった。

「すごい……」

口内発射を間近で見た裕太は、目を丸くさせていた。

長谷川の動きが止まると、珠樹が顔を上げていった。ザーメンがねっとりと糸を引く。それをじゅるっとすすり上げる。

そして、長谷川と裕太を交互に見つめつつ、白い喉をごくんと動かした。飲んだのだ。

「ああ、おいしかったわ。やっぱり、若いエキスはいいわね」

小指で唇のまわりを拭い、そのまままちゅっと吸っていく。

裕太はそんな珠樹から目を離せなかった。

「岡崎くん、あなたのエキスもちょうだい」

そう言って、珠樹が裕太のスラックスに手を伸ばしてきた。ジッパーを下げてくる。

「ああ、それは……その……」

「はじめてのフェラの相手が、私じゃ嫌なのかしら」

「そんなことは、ありません……でも、その」

夢見る少女のようだと思われるかもしれないが、ファーストキスやファーストフェラは、三浦由衣のような可憐で清潔感あふれる美少女相手に果たしたかった。

そんな夢を抱いているから、童貞なのだ、と言えるが、でも夢は捨てたくない。

「岡崎、チャンスから逃げるな」

珠樹の口にたっぷりと出して満足気な顔の長谷川が、そう言う。

「でも……その……あの……やっぱり……あの、こういうことは……あの……好きあった者同士が……」

「私のこと、嫌いなのね」

「いいえ、そんなことは、ないです……」

「私は岡崎くんのこと好きよ」

そう言うと、珠樹はスラックスの前から、裕太のペニスを引き出していった。

「あっ、だめですっ」

あらわにされたペニスは、自分でも驚くくらい、太くたくましく勃起していた。すでに、先端には我慢汁さえにじみ出ている。

「あら、つらそうね」

そう言うなり、珠樹がぺろりと先端を舐めてきた。

「ああっ……」

裕太は大声をあげていた。

うんっ、と愛梨がソファーの上で動く。

「声がでかいぞ、岡崎」

「す、すいませんっ……あ、ああ……ああっ」

ねっとりと鎌首を熟女の舌が這っている。

「気持ちいいかしら」

「は、はい……はい……はい……」

気持ち良すぎて、はい、しか言えなかった。

うふふ、と笑い、珠樹が裏の筋に舌を這わせてきた。

「あっ、そんなっ……ああっ……珠樹さんっ」

「声がでかいぞ、店長が起きたら、どうするんだ、岡崎」

と長谷川に叱られる。

「す、すいません……ああ、ああ、ち×ぽが……ああ……」

フェラは想像以上に気持ち良かった。こんなに気持ちいいものを、二十歳になるまで体験しなかったなんて、人生の損失だと思った。別に、相手が三浦由衣のような清楚な美少女じゃなくても良かった。

むしろ清楚じゃなく、妖艶な熟女の方がいいとさえ思った。清楚な美少女はさきっぽにちゅっとキスをする程度だろう。

珠樹のように、ねっとりと舌をからめてくることはないだろう。

珠樹が厚ぼったい唇を開き、鎌首を咥えてきた。

「あっ、ああ……ああっ……」

先端が珠樹の唇の中に入った。それだけで、危うく暴発させそうになった。

いかんっ、こんなところで終わりにしたくはない。

裕太は気持ちいいのに、修行僧のような形相で、ペニスへの刺激に耐えていた。

珠樹の唇が、反《そ》り返った胴体を滑り下りてくる。

ペニスの三分の二ほどが、珠樹の口に包まれ、裕太は夢心地になる。

視線の先に、人妻店長の太腿があった。裕太は考えるより先に、その魅惑の白い肌に手を伸ばしていた。

「あっ、うそっ……なんだこれはっ」

裕太は再び、大声をあげていた。

長谷川がしっとりすべすべとは言ってはいたが、まさか、こんなにしっとりすべすべとは思っていなかった。

二十年間の人生でいろんなものに触れてきたが、どんなものも色褪《あ》せるくらい、人妻店長の太腿の触り心地は極上だった。

「ううっ……」

珠樹がつらそうなうめき声を洩らし、妖艶な顔を引き上げた。

「ああ、急に太くなるんだもの」

「すいません……」

謝りつつ、裕太は愛梨の太腿を撫で続ける。一度触れてしまったら、もう離せなかった。

三浦由衣のような美少女と相思相愛になり、キスからはじめる夢は消えてしまったが、すでにそんな夢など、どうでもよくなっていた。

やはり、長谷川の言う通り、チャンスがあれば、即、行動なのだ。

「すごく大きいわね、岡崎くん。それにすごく硬いわ……ああ、鋼鉄みたい」

珠樹がうっとりとした表情で裕太のペニスを見つめ、愛《いと》おしむようにしごいている。

裕太の方は、愛おしむように愛梨の太腿を撫でている。

すぐそばに、パンティが貼り付く恥部がある。長谷川に倣《なら》ってクリトリスを突いてみたいが、起きたら最悪だ。

再び、鎌首が珠樹の唇に包まれていく。

「ああっ……珠樹さん」

うんうんっ、と珠樹の顔が上下に動きはじめる。

「ああ、だめです……ああ、そんなにされたら……ああ、出しそうです」

まだ終わりにしたくなかった。この人生最高の時間を、一秒でも長く味わっていたかった。

が、童貞男にはあまりにも刺激が強すぎた。即、発射していないだけでも、偉いくらいだった。

珠樹は構わず、妖艶な顔を上下させ続ける。じゅるじゅるに唾液《だえき》を塗《まぶ》し、頬をぐっと窪め、強く吸い上げてくる。

「ああ、ああっ……もう駄目ですっ……ああ、出ますっ」

裕太は、おうおうっ、と吠えて、がくがくと腰を震わせた。

どくどく、どくどくっ、と凄まじい勢いでザーメンが噴き上がっていく。

いつもはティッシュで先端を包んでいた。が今夜は違う。珠樹の喉に向けてぶちまけているのだ。しかも、ＡＶを見ながらではなく、人妻店長の太腿を触りながら、射精しているのだ。

裕太は王様になったような気分だった。天下を取ったという感じだ。

ティッシュの心配をすることなく、思う存分射精出来る幸せに浸っていた。

珠樹が唇を引き上げていく。長谷川の時同様、二人の大学生を交互に見つめ、ごくんと飲んで見せた。

「ああ、珠樹さん……ありがとうございます。僕のような男のち×ぽをしゃぶって、飲んでくださって……ああ、感激です」

「私こそ、若いエキスを頂かせてもらって、感謝しているわよ」

ちゅっと、珠樹が鎌首にキスしてきた。

「あっ……」

それだけで、新鮮な刺激を覚える。

「なんだか、すごく暑いわね。脱いでいいかしら」

えっ、と思っている前で、珠樹がワンピースのフロントジッパーを下げはじめる。

と同時に、紫のセクシー過ぎるブラに包まれた、豊満な乳房があらわれた。

珠樹はさらにジッパーを下げていく。平らなお腹があらわれ、ブラとお揃いの紫のパンティがあらわとなった。

それは、愛梨と同じように、フロント部分がシースルーになっていて、濃いめの恥毛が見えていた。

裕太のペニスは瞬《またた》く間に力を取り戻していた。

「ああ、二人とも、若いのね……ああ、うれしいわ……」

二人とも、と言われ、隣を見ると、長谷川も勃起を取り戻していた。

「二人で、ペニスびんたをして」

そう言って、珠樹はブラとパンティだけで、カラオケボックスの床に両膝をつく。

長谷川が反り返ったペニスで、ぴたぴたと珠樹の頰を張りはじめた。

「あんっ……ああ……あんっ……おち×ぽ、硬いわ……」

「珠樹さん……」

長谷川のペニスで顔をぴたぴたと張られ、うっとりとさせている熟女を目にして、裕太の身体はかぁっと燃える。

「ああ、岡崎くんも……ぶって……」

はいっ、と裕太も、反対側の頰をぴたぴたとペニスで張っていく。

「あんっ、いいわ……ああ……いいわ……二人とも、硬い……ああ、あんっ、はあっんっ」

裕太の鈴口《すずぐち》から、はやくも先走りの汁がにじみはじめる。それが珠樹の頬について、さらに妖艶な眺めとなっていく。

珠樹が長谷川の鎌首を咥えていった。

「ああ、珠樹さん……」

長谷川が腰を震わせる。

うんうんっ、と悩ましいうめきを洩らしつつ、珠樹が長谷川のペニスを貪り食う。

珠樹が顔を上下させるたびに、紫のブラに包まれた、たわわな乳房がゆったりと揺れる。

見ていると、どうしても触りたくて仕方がなくなる。

「あ、あの……」

「いいわよ。摑んで。揉んで」

「ありがとうございますっ」

裕太はブラに包まれた魅惑のふくらみを摑んでいった。

ブラ越しでも、やわらかな感触が伝わってくる。

ああ、これが女の人のおっぱいなんだ。

「ああ、じかに揉んで」

そう言うと、珠樹は両手を背中にやり、自らの手でブラを外してくれた。

熟女の乳房があらわとなる。すでに乳首がぷくっと充血しきっている。それは赤く色づいていた。

裕太が摑む前に、長谷川が摑んでいた。こねるように揉んでいく。

「ああ、やわらかいっ、すごくやわらかいです」

長谷川が感激の声をあげる。

すると、うんっ、と人妻店長がうめき声を洩らした。

ここで起きられたら、やばすぎる、と裕太は、起きるな、と愛梨に念を送る。

愛梨は、あなた、とつぶやき、眠り続ける。

裕太は再び、愛梨の太腿に手を伸ばしていった。すぐそばに、生のおっぱいがあるのに、また、愛梨の太腿に引き寄せられていた。

手のひらに、しっとりと柔肌が吸い付いてくる。

太腿を撫でているだけで、幸せな気分になる。

「あんっ、私のおっぱいは揉んでくれないのかしら、岡崎くん」

「揉みますっ、揉ませてください」

長谷川に揉みしだかれ、めちゃくちゃに形を変えていく珠樹の乳房がたまらなくエロい。色が抜けるように白いため、すでに、無数の手形が付いていた。

裕太が左のふくらみを掴んでいく。

すると、五本の指が魅惑のふくらみに吸い込まれていく。が、途中から、弾きかえされてきた。ただやわらかいのではなく、適度な弾力があった。

「ああ、また、また出ますっ」

珠樹にしゃぶりつかれている長谷川が腰を震わせた。おうっ、と吠える。出したのだ。またもや、珠樹の喉に。珠樹の乳房を揉みながら。

口内発射を受けて、健気《けなげ》にザーメンを受け止める珠樹を見ていると、裕太の身体はさらに燃えていく。

長谷川がペニスを引くと、珠樹がごくんと嚥下《えんげ》した。そしてすぐさま、裕太の鎌首を咥えてきた。

「ああ、珠樹さん……」

裕太は左手で珠樹の乳房を揉みつつ、右手を伸ばして、愛梨のふくらはぎに触れた。

珠樹と愛梨に触りつつ、珠樹にしゃぶられている。

ああ、これは３Ｐではないか。童貞のくせして、３Ｐとは。しかも、相手は極上人妻に極上未亡人熟女なのだ。

「うんっ、うっんっ……うんっ」

珠樹の厚ぼったい唇が、反り返ったペニスを上下している。

乳房とふくらはぎの触感と、ペニスの刺激が相俟《あいま》って、さっき出したばかりだというのに、はやくも二発目をぶちまけそうになっていた。

「ああ、すいません……ああ、もう……出そうです」

「ああ、もう少し、我慢しなさい」

唾液の糸を引くように顔をあげ、白い手でぐいぐいしごきつつ、珠樹がハスキーにそう言う。

「はい、我慢します」

そう言っている間にも、先走りの汁があらたににじんでくる。

「ああっ、珠樹さんっ」

それを珠樹がぺろりと舐める。それだけで、裕太は暴発寸前となる。

「男は我慢よ」

そう言って、珠樹がしゃぶりついてくる。頬をぐっと窪め、強く吸い上げてくる。

「ああ、ああっ、出そうですっ」

愛梨のふくらはぎを撫で、珠樹の乳房を揉みつつ、裕太が腰をくねらせる。

ちょっとでも刺激を減らすために、愛梨のふくらはぎから手を引けばよかったが、それは出来なかった。

人妻店長のふくらはぎは、手のひらにぴたっと吸い付き、離れなかった。

「だめですっ……ああ、出ますっ」

おうおうっ、と吠え、裕太は二発めの飛沫《しぶき》を熟女の喉に向けて放っていた。

ふぐりがからからになるような、二十年生きてきて、最高の夜となった。

第二章　花屋のお姉さんのくびれ腰

1

北条屋の前のスペースには、出店が二つ並んでいる。花屋と鯛焼き屋が店を開いて、集客にひと役買っているのだ。

そしてその花屋の店主の麻生紗耶香は、美人だった。

長谷川から出来るだけ花屋に顔を出して挨拶するといいぞ、と言われていて、裕太はバイトの休憩時間に、休憩を取らずに、よく花屋に顔を出していた。

そのお陰で、今ではちょっとした会話は交わすようになっている。

少しだけでも、年上の美人お姉さんと話すようになれたのは、裕太にとってはかなりの進歩であった。

歓迎会が終わって数日経ったある夜、スーパーの裏の関係者駐車場から、男女の争う声が聞こえてきた。

すでに店の営業は終わっている。事務処理が残っている人妻店長だけを残して、裕太は帰るところだった。

「なあ、いいだろう。ちょっとだけ、付き合えよ」

「けっこうです……あっ、なにしているんですかっ。触らないでっ」

「いいケツしてるじゃないか、いつもジーンズのケツを俺に向けて、誘っていたんだろう」

紗耶香のライトバンのそばで、鯛焼き屋のおやじが、大胆にも紗耶香のヒップに手を伸ばしていた。

ジーンズ越しではあったが、尻を執拗《しつよう》に撫でまわしている。

「やめてくださいっ」

「いいだろう」

ぱしっと音がした。紗耶香がおやじの頬を張ったのだ。

「なにしやがるっ、このアマっ」

びんたを張られたおやじは、怒りで顔面を真っ赤にさせて、紗耶香の細い腕を摑んでいった。

そして、優美な頬にぱしっとびんたのお返しをする。

すると紗耶香は気丈にも、自由な方の手でおやじの頬を張ろうとした。がそれは直前で、おやじに摑まれた。

「痛いっ、手を放してっ」

キスさせろ、キス、と言いながら、おやじが口を紗耶香の唇に寄せていく。

「いや、いやっ」

紗耶香がジーンズの足で、おやじの股間を蹴り上げようとした。

おやじはそれを避け、紗耶香をその場に押し倒そうとした。

助けに入らなければ。けれど裕太は腕力には自信がなかった。おやじはけっこう強そうだ。

いや、そんなことを言っている場合じゃない。

おやじは紗耶香を駐車場のコンクリートに押し倒していた。

「気取っているんじゃないぜっ。やらせろっ」

とブラウスの胸元を引き上げていく。すると、次々とボタンが弾け飛んでいった。

『どんなチャンスでも、それを逃すんじゃないっ』

という長谷川の声が、裕太の脳裏に浮かんだ。

『おまえはイケメンか。並だろう。じゃあ、こちらから行動を起こさないと。誰ともやれないぞ』

そうだ。俺はイケメンじゃない。これは、麻生紗耶香と仲良くなる絶好のチャンスなんだ。

これまでこういうチャンスを見逃してきたはずなんだ。だから、童貞なんだ。

相手が強そうでも関係ないっ。

「いやああっ」

ブラウスの前がはだけられ、深紅のブラに包まれたバストがあらわとなった。

それは、想像以上に豊満に張っていた。

「でかい、おっぱいじゃないか」

おやじも同じことを思ったようだ。卑劣なおやじと同じ思考というのは情けなかったが、仕方がない。同じ男なのだ。

が、ここからが違う。おやじは無理矢理、紗耶香をものにしようとしていたが、俺はそんなことはしない。

おやじがブラ越しに紗耶香のバストを摑んでいった。

「やめてっ、触らないでっ」

「うるさいぞっ」

ともう片方の手で、おやじが上から紗耶香にびんたを見舞う。

「やめろっ」

と裕太は叫び、紗耶香の腰に跨がっているおやじに近寄っていった。

「岡崎くんっ」

と紗耶香が救いの目を向けてきた。頼りにされているぞ。ここで男を上げるのだ。

「やめないかっ」

「なんだ。おまえ、バイト野郎だな」

おやじはぶ厚い胸板をしていた。ポロシャツ越しの腕も太い。

一瞬、怯《ひる》みそうになる。

『イケメンじゃないなら、行動を起こすしかないんだ』

長谷川の言葉が、何度も脳裏を駆け巡る。

「麻生さんから離れるんだっ」

「おまえも、いっしょに、おっぱいを見るか。見たいだろう」

裕太は色白で、中肉中背だ。見た目、まったく強そうではない。

おやじが裕太が見ている前で、紗耶香のブラを掴み、引き剝《は》がしにかかる。

「やめてっ」

と紗耶香がおやじの手を掴む。が、おやじの腕力は強く、ブラが引き剝がされてしまう。

ぷるんっと豊満なバストが、月明かりの下にあらわとなった。

その白いふくらみのあまりの美しさに、裕太はしばし見惚れた。

が、その美麗なふくらみがおやじの手で鷲掴みにされたところを目にして、我に返った。

「やめろっ」

とおやじにぶつかっていく。

が、おやじはびくともしなかった。紗耶香の腰を跨いだまま、裕太を受け止めると、平手を見舞ってきた。

ぱしっと大きな音がして、裕太の顔面に衝撃が走った。平手一発で、吹っ飛んでいった。

「岡崎くんっ」

紗耶香が心配そうな目を向けてくる。

「どうした、坊主」

おやじはこれみよがしに、紗耶香のバストをじかに揉みしだきはじめる。

「やめてっ、やめてっ」

と紗耶香が下からばんばんとおやじの胸板を叩いている。

裕太は起き上がると、この野郎っ、と突っ込んでいった。

今度はうまくタックルを掛けられた。おやじの身体が、紗耶香の腰から離れていく。

「邪魔するなっ」

と丸太のような腕が、顔面に襲い掛かってきた。

ぐえっ、と裕太は倒れ込む。けれど、鼻血を出しつつも、裕太はすぐに起き上がると、おやじにむしゃぶりついた。

「岡崎くんっ」

紗耶香が、はだけたブラウスの下のバストを弾《はず》ませつつ、そばに寄ってきた。

つかみ合っていたおやじの視線が、紗耶香のバストに向かう。

その隙を見て、裕太はおやじの鼻めがけ、全力でパンチを見舞った。

ぎゃあっ、とおやじがひっくり返った。

「行きましょうっ」

と紗耶香が裕太の手を取り、ライトバンに走る。

「痛《い》てえっ」

とおやじは鼻を押さえて、こちらに向かって来る。が、攻撃されることに慣れていないようで、足がふらついている。

その間に、紗耶香が運転席に乗り込み、裕太が助手席に乗り込んだ。

エンジンを掛け、ライトバンを走らせる。

「おいっ、待ちやがれっ」

引き剝がしたブラを手に、おやじが大声をあげる中、紗耶香と裕太は駐車場を出て行った。

2

「大丈夫？　鼻？」

しばらく幹線道路を走り、信号停車で止まるなり、紗耶香が心配そうな目を裕太に向けてきた。

「そんなわけないよね。ちょっと我慢しててね」

「大丈夫です」

信号が青になり、紗耶香が車を走らせる。気が動転したままなのか、紗耶香はブラウスをはだけさせたままだった。

ノーブラのバストが丸出しの状態だ。

裕太はハンカチで鼻を押さえたまま、ちらちらと紗耶香の胸元を見ていた。見てはいけない、はだけたままだよ、と教えるべきだったが、裕太は無言のまま、とても美しいふくらみを見続ける。

それは熟れ熟れの珠樹の乳房とは違っていた。若さがはちきれんばかりで、ぷりっと張っている。

乳首は淡いピンクで、少しだけ芽吹いていた。

なんて綺麗なおっぱいなんだろう。

右手にドラッグストアの看板が見えてきた。紗耶香がハンドルを切り、駐車場へと入っていく。

駐車場に車を止めると、紗耶香ははだけたブラウスに気付いたようだった。あっ、と声をあげ、あわててブラウスの前を合わせる。

薄暗い車内でも、紗耶香の頬が赤く羞恥色に染まっていくのがわかった。

「鼻、見せて」

左手でブラウスの前を合わせたまま、紗耶香が美貌を寄せてくる。

凛とした美人の顔が間近に迫っただけで、ドキドキしてしまう。

ハンカチをずらすと、紗耶香が傷を見てくる。

「血は止まっているみたいね。大丈夫かな」

そう言うなり、紗耶香が口の横をぺろりと舐めてきた。

あっ、と驚き、紗耶香を見つめる。

「消毒よ。唾《つば》が一番いいの」

そう言いつつ、さらにぺろぺろ舐めてくる。裕太は金縛りにあったように、動けなかった。一瞬で、痛みが吹っ飛んでいた。

「助けてくれて、ありがとう」

じっと裕太を見つめ、そして長い睫毛《まつげ》を伏せるなり、紗耶香が裕太にくちづけてきた。

あっ、うそっ……キスしているっ……麻生紗耶香とキスしているっ……ファーストキスだっ、これはファーストキスだぞっ。

紗耶香の唇はとてもやわらかかった。それは当たり前だが、珠樹の乳房のやわらかさとはまた違っていた。

舌先で突かれ、裕太が唇を開くと、ぬらりと紗耶香の舌が入ってきた。

紗耶香の舌がからんでくる。

ああ、なんて甘いんだ。ああ、なんて気持ちいいんだ。

裕太も積極的に舌をからめていく。すると、ぴちゃぴちゃと淫らな舌音が二人の口から洩れてくる。

キスをしつつ、紗耶香が裕太の両腕にしがみついてくる。

するとブラウスの前が再びはだけた。見事なふくらみを見せる新鮮な果実がある。

裕太は考えるより先に、手を伸ばし、魅惑のふくらみを摑んでいた。

紗耶香の細い身体がぴくっと動いた。けれど、拒んだりはしなかった。

裕太は調子づいて、もう片方の手も伸ばし、左右の手で二つのふくらみを揉みはじめた。

それは熟女の珠樹の乳房とはまったく違っていた。やわらかいというより、ぷりっとした弾力を感じた。

強めに揉んでも、ぷりっと内側から弾き返してくるのだ。まさに揉み応え満点だった。

「ああ、こんなとこじゃ、だめよ……見られちゃうわ……」

紗耶香に言われ、ドラッグストアの駐車場でバストを揉んでいることに気付く。

「とりあえず、消毒液と絆創膏《ばんそうこう》を買ってこないと」

そう言って、紗耶香が車から出ようとする。

「あのっ、ブラウスっ」

裕太に言われ、紗耶香が、あっ、とブラウスの前を合わせる。

「僕が買ってきます」

「でも、そんな顔で……みんな見るわ」

「でも、麻生さんのかっこうの方がみんな見ますよ」

「そ、そうね……」

ブラウスの前を手で合わせていれば、とりあえずバストが露出することはなかったが、どう見ても、不自然だ。それなら、裕太の方がまだいいだろう。

「血を、綺麗にしてあげるから」

そう言って、紗耶香があらためて美貌を寄せてくる。そして、鼻や口のまわりをぺろぺろと舐めてくる。

またキスしたくなり、裕太は紗耶香の舌に舌をからめていく。
「あんっ、だめ……我慢して……見られちゃうから……」
だめ、と言われると、もっとキスしたくなる。紗耶香の唇を塞《ふさ》ぎ、舌を吸ってい
く。
「う、うう……うんっ……」
紗耶香が再びしがみついてくる。
ああ、なんて顔をしているんだ。なんて綺麗なキス顔なんだ。なんて甘い唾なん
だ。
美人お姉さんとのキスは、極上だった。
やはり長谷川が言う通り、並の男は行動しなければならないんだ、とあらためて思
った。長谷川の忠告が頭をよぎらなかったら、腕っ節が強そうなおやじに摑みかかっ
ていかなかっただろう。
これはまさに、美女を悪漢から助けたご褒美なのだ。
このままキスしていたかったが、裕太は消毒液と絆創膏を買いに行くことにした。
ドラッグストアに入る前、振り返った。紗耶香が手を振っている。ドラッグストア
に入ると、紗耶香は消えてしまいそうな気がした。

そこにいてくれよ、と念じて、裕太は店に入った。

3

急いで消毒液と絆創膏を買い、ドラッグストアを出ると、紗耶香のライトバンが消えていた。

「麻生さんっ」

心配が現実のものとなり、裕太はあわてた。泣きたくなる。

「麻生さんっ、どうしてっ」

行っちゃったんですか、と涙をにじませた目で駐車場を見回すと、端《はし》の方に紗耶香のライトバンが目に入った。なんのことはない、移動させただけのようだ。

裕太はほっとして、ライトバンに駆け寄った。

「お帰りなさい」

と運転席の紗耶香が迎える。ブラウスの前は合わさっていた。

「針と糸で、とりあえず、前を合わせたの」

「そうですか」

バストを見られなくなったのは残念だったが、仕方がない。

「手当してあげる」

消毒液と絆創膏を渡す。紗耶香がガーゼに消毒液を染み込ませ、裕太の傷口を拭いてくる。

「あっ……」

「ごめん、痛むかしら」

紗耶香が美しい黒目でのぞきこんでくる。

「いいえ、大丈夫です」

じっと見つめられるだけで、どぎまぎする。消毒液は沁みたが、紗耶香にやってもらっていると、その沁みさえ気持ち良かった。

消毒液で傷を綺麗にすると、絆創膏を貼ってきた。

うふふ、と紗耶香が笑う。

「ごめんなさい……名誉の勲章なのにね……なんだか……おかしくて」

鏡で見たかったが、鏡はなかった。

紗耶香がエンジンを掛けた。これで終わりか、と思うと、寂しくなる。

幹線道路を真っ直ぐ走る。裕太のアパートがどこか聞いてこない。どういうことだろうか。

バイパスに入った。

紗耶香の横顔を見ると、少し緊張した表情をしている。どうして緊張するのだろう。

しばらく走ると、派手なネオンサインが目に入ってきた。ラブホだ。ここはラブホ通りなのだ。

まさか、ラブホに行くつもりなのだろうか。いや、それはいくらなんでも……でも、もしかして……。

紗耶香が左にハンドルを切った。シャトーの形をしたラブホの駐車場に入っていく。

エンジンを切り、サイドブレーキを引く。

「ああ……なんかドキドキするわね」

「は、はい……」

「いつもこんなことする女じゃないのよ」

「はい……」

「なんか……私を守ってくれて、絆創膏だらけになっちゃった岡崎くんを、このまま帰しちゃいけないなって、思って……それで……」

「はい……」

裕太は、はい、しか言えない。思考停止に近かった。

紗耶香とラブホ、ということは、紗耶香とエッチ出来る、ということだ……それは、童貞卒業を意味していた……。

「行こうか」

「はい……」

紗耶香が運転席を出て、裕太も助手席を降りる。

フロントに行くと、室内を掲示したパネルがあった。三十近くの部屋があるだろうか。けれど空《あ》いているのは二つだけだった。

好不況に関係なく、みんな、やることはやっているのだ。

もしかして、世界中の男の中で、裕太だけが一人で悶々としていたのではないか、と思ってしまう。

「どっちにする？」

「じゃあ、こっちで」

と裕太は高い方を選んだ。こういう時はけちってはいけない、とエロ雑誌で読んだ記憶があった。

それはこのラブホで一番高い部屋だった。一番高いから、空いていたのだ。

エレベーターに向かう。紗耶香の方から手を繋いできた。

裕太はぎゅっと握り締めた。すると紗耶香も強く握り返してきた。

それだけで、裕太は痛いくらい勃起させていた。

部屋は最上階の七階だった。

ドアを開くと、広々とした空間が二人を迎えた。

「すごいですね」

裕太のアパートの部屋より広かった。

ラブホという感じではなく、リゾートホテルの一室のような洒落《しゃれ》た雰囲気だった。

やはり、けちらなくて良かった、と思った。

「鯛焼き屋のおじさん、いつも、私をエッチな目で見ていたの」

大きなベッドに並んで座ると、紗耶香が話しはじめた。

「時々、私のお尻にちょっかい出したりして、最近はずっとジーンズでガードしていたの」

「そうだったんですか。店長に言えば良かったんじゃないですか」

「言えないわ……隣の店のおじさんにエッチな目で見られて、時々お尻を触られているだけなんて……訴えにもならないでしょう」

「そうかもしれません」

「ただ、ここ数日、なんかおじさんの目の色が変わってきて……嫌な予感はしていたんだけど……今夜は、やらせろって……」

「そうだったんですか」

「岡崎くんが助けに入ってくれなかったら、私、今頃……」

そう言って、紗耶香が裕太に抱きついてきた。

「紗耶香さん……」

とはじめて名前で呼んだ。それだけで、裕太は感動する。

ブラウス越しに、背中を撫でる。

紗耶香のあごを摘《つま》み、こちらを向かせる。

目が合う。するとまた、紗耶香がうふふと笑い、ごめんと謝る。

裕太は壁の鏡に顔を向けた。鼻から口のまわりにかけて、絆創膏だらけだった。なんとも間抜けな顔である。

こんな顔で、美人お姉さんの紗耶香とエッチしようとしているのだ。

「ありがとう、裕太くん」

名前で呼ばれ、鏡の前でキスされた。

舌をからめつつ、シャツのボタンを外されていく。裕太も紗耶香のブラウスの前を摑むと、ぐっと引いていく。

すると糸が切れて、あっという間に、ぷりぷりのバストがこぼれ出る。

裕太はそのまま、ブラウスを脱がせていく。紗耶香がジーンズだけになる。恥ずかしい、と両腕で豊満なバストを抱きしめる。

ジーンズだけのセミヌードの紗耶香は、とてもセクシーだった。

裕太は自分でシャツを脱ぎ、Tシャツも脱いだ。

スラックスだけになると、紗耶香に抱きついていく。すると紗耶香はバストからしなやかな腕を離し、しっかりと裕太にしがみついてきた。

裕太の胸板に、紗耶香のバストが押しつけられる。そのままぐぐっと潰されていく。

「ああ……」

と紗耶香が甘い喘ぎを洩らす。

裕太は鏡に目を向ける。確かに、豊満なふくらみが、裕太の胸板で押し潰され、脇にはみ出していた。

紗耶香がスラックスのベルトを外しはじめる。

「あ、あの……」

なにかしら、という目で紗耶香が見つめてくる。

「あの……僕なんかで……いい……」

いいんですか、と聞く前に、やわらかな唇で口を塞がれた。そして、ベルトを外された、スラックスのジッパーを下げられていく。

スラックスが足元に落ちる。するとボクサーブリーフだけになる。フロントがもっこりとふくらんでいる。

そこを、紗耶香がキスしながら、撫ではじめた。

「ああっ……」

ぞくぞくとした刺激が走り、裕太は腰をくねらせた。

するとまた、紗耶香が、うふふ、と笑う。

「ここ、敏感なのね」

そう言って、薄い布にぴたっと貼り付いている先端部分を、紗耶香が指の腹でなぞってくる。

「あっ、ああっ……そこっ……だめです」

「だめじゃなくて、いいんでしょう」

先端を指の腹でなぞりつつ、紗耶香が裕太の胸板に美貌を寄せてきた。

乳首を唇に含み、ちゅっと吸ってくる。

「あっ、それっ……」

生まれてはじめての乳首舐め。それは、想像以上に気持ち良かった。

これまでAVで女優が男優の乳首を舐めているところを見て、気持ち良さそうに悶える男優を、うそっぽい、と思っていた。

男の乳首がそんなに感じるわけがない、と思っていた。が、それは間違いだと気付かされた。

紗耶香に舐められている乳首から、ジーンと快美なさざ波が広がっていた。

「ああ、紗耶香さん……」

右の乳首を唾液まみれにさせると、紗耶香は左の乳首を唇に含んできた。

やはりお姉さんだけあって、慣れている感じだった。

童貞です、とはやく言った方がいいだろうか。失望しないだろうか。それとも、初ものだから、と喜んでくれるだろうか。

熟女の珠樹なら喜んでくれそうだったが、紗耶香とは五つしか離れていない。二十歳にもなって女を知らない男なんて、嫌なんじゃないだろうか。

わからない。

そんなことをうじうじと考えている間に、ボクサーブリーフを脱がされてしまった。

解放された喜びをあらわすかのように、ペニスが弾け出た。

「ああ、大きいのね」

そう言って、紗耶香がじかに摑んでくる。

「ああ……そんな……」

美人の白い手でちょっとしごかれただけで、たまらなくなる。

「あっ、うそっ……もう、出てきたわ」

先走りの汁を目にして、紗耶香が驚く。

「つらそうね」

そう言うなり、紗耶香はその場にひざまずいていった。

そして、凜とした美貌を鎌首に寄せるなり、ピンクの舌を出して、ぺろりと舐めてきた。

「あっ、紗耶香さんっ……」

我慢汁でピンクの舌が汚れていく。が、すぐに綺麗になる。

横に目を向けると、鎌首を舐める紗耶香の姿がはっきりと映っている。

仁王立ちの裕太に、ジーンズだけでひざまずく紗耶香。

鏡越しに見ると、まさにAVだった。しかも、ペニスを反り返らせて女を傅《かしず》かせているのは、AV男優ではなく、裕太自身なのだ。

紗耶香が唇を開き、鎌首を咥えていく横顔が目に入ってくる。

「ああっ……紗耶香さん……」

反り返った胴体が、どんどんと紗耶香の唇の中に呑み込まれていく。それが鏡越しにわかる。

紗耶香は七割ほど咥えこむと、今度は優美な頬を窪ませ、吸い上げていく。

ち×ぽがとろけそうだ。気持ち良すぎて、じっとしていられない。恥ずかしかったが、腰をくなくなくねらせてしまう。

このままだと、紗耶香の口に出してしまいそうだった。カラオケボックスで、珠樹相手なら、それでもいいだろう。

けれどここはラブホなのだ。いきなり、紗耶香の口に発射なんて、いくら童貞といえど、ゆるされることではない。

裕太は紗耶香の唇からペニスを引いた。

4

紗耶香が、どうしたのかしら、といった目で裕太を見上げてくる。

その眼差しだけで、危うく暴発しそうになる。実際、ペニスをひくつかせながら、鈴口からあらたな我慢汁をにじませてしまう。

それを舐めようとした紗耶香の腕を取り、裕太は立たせた。舐められた瞬間、出してしまうと思ったからだ。

裕太は攻守を変えることにした。そうすれば、とりあえず暴発の心配をしなくて済む。

紗耶香を立たせるとすぐに、裕太がその場に膝をついた。そしてジーンズのボタンを外し、フロントジッパーを下げていく。

「あっ、いや……恥ずかしい……」

パンティがあらわれた。薄い水色のパンティが、ぴたっと恥部に貼り付いている。

裕太はジーンズを脱がしていく。白い太腿があらわれる。

裕太は思わず、紗耶香の太腿に顔を埋めていった。

「あっ、なにしているの……絆創膏が当たるわ」

絆創膏が当たると聞いて、裕太は顔を上げるなり、今度はパンティが貼り付く恥部に顔を押しつけていった。

そして絆創膏だらけの顔面をぐりぐりと動かす。

「あっ、なにっ……ああ、クリにこすれるのっ……あんっ、だめよっ……」

紗耶香が甘い声をあげて、腰をくねらせはじめる。

裕太はじかに顔を埋めたくなり、ちっちゃなパンティに手を掛けると、フロントから剝き下げていった。

紗耶香の恥部があらわれた。

「あっ、だめっ」

すぐさま、紗耶香が両手でヴィーナスの恥丘を覆った。

裕太は紗耶香の手首を摑むと、脇へとやる。そして息がかかるほど間近で、紗耶香の恥毛の生えっぷりを鑑賞する。

「ああ、綺麗です」

「そ、そうなの……自分ではよくわからないけど……」

「綺麗です。感激です、紗耶香さん」

裕太は今度はじかに、紗耶香の恥毛に顔を埋めていく。

「あっ、だめ……あんっ、恥ずかしいわ」

ジーンズを膝小僧まで下げた姿のまま、紗耶香が素晴らしい身体をくねらせる。

裕太はクリトリスを口にした。ちゅっと吸うと、はあっんっ、と紗耶香が敏感な反応を見せた。

裕太はクリトリスを吸いつつ、鏡に目を向ける。

美女の股間に絆創膏だらけの顔を埋めている男の姿が見える。

ああ、これが俺なんだ。俺は今、美人花屋のお姉さんの恥部を舐めているんだ。

裕太は恥毛に飾られた割れ目に指を添えた。

「あっ、開いちゃ、だめよ……」

だめ、という声が甘くかすれてしまっている。それは裕太には、恥ずかしいけどいいわよ、と聞こえた。

自分に都合のいいように解釈して、割れ目をくつろげていく。

「あっ、うそっ……」

裕太の目の前で、花びらがあらわとなっていく。それは、目が眩《くら》むような鮮やかなピンク色だった。

「綺麗なおま×こだ」

と裕太は思わずつぶやいていた。

「だめ……そんなとこ……そんな近くで見ちゃだめよ……」

と紗耶香が右手で恥部を隠そうとする。裕太は紗耶香の手首を摑み、ぐぐっと脇にやる。そしてさらに大きくくつろげていく。

「あんっ、いじわる……」

ピンクの花びらからは、甘い薫りが放たれていた。裕太は匂いに引き寄せられるように、紗耶香の媚肉に顔を埋めていった。

絆創膏だらけの鼻を、ぐりぐりと埋める。

「あっ……ああっ……」

紗耶香が裸同然の身体をくなくなとくねらせる。

裕太は少しだけ顔を上げると、今度は紗耶香の媚肉《びにく》に舌を入れていった。ぺろぺろと肉の襞《ひだ》の連なりを舐めはじめる。

「ああっ……あっんっ……だめ……あっ、あんっ……そんなとこ……あんっ、舐めち

く。

紗耶香は敏感な反応を見せていた。その反応が、裕太の身体をさらに熱くさせていく。

「ベッドに……ああ、ベッドに行こう、裕太くん」

ベッド、と言われ、裕太はドキリとする。ベッドに行ったら、このびんびんのペニスをこの美麗な花びらに入れることになる。

ああ、うまく出来るだろうか。童貞だとはっきり言っておいた方がいいのではないだろうか。

でも、わからなければ、それがいい気がする。別に、童貞マークがペニスについているわけではないのだから。

紗耶香が足首からジーンズを脱ぎ、一糸まとわぬ姿になると、長い足を運んで、ベッドに上がっていった。そしてヘッドのパネルを操作した。すると、明るかったフロアが瞬く間に薄暗くなった。

どうしたの、と紗耶香がこちらに目を向ける。裕太はペニスを揺らしながら、ベッドに上がった。

薄暗くなったものの、目が慣れると、紗耶香の白い裸体が浮かび上がってきた。

「もう少しだけ、明るくしていいですか」

「だめ……恥ずかしいから……」

そう言って、紗耶香が抱きついてくる。抱き合ったまま、ベッドに倒れる。

ペニスの先端が割れ目に当たっている。このまま腰を突き出せば、意外とあっさりと入るのではないか、と裕太は期待した。

そして一か八か、抱き合ったまま、腰を突き出していった。

が、世の中、そんなに甘くはなかった。何度か割れ目を突いたが、的を外していた。

裕太は上体を起こした。紗耶香は瞳を閉じている。表情だけでは、童貞がばれたかどうかわからない。

やはりきちんと狙いを定めて入れなければ、と裕太は紗耶香の恥部を見た。両手で太腿を摑み、大きく割っていく。

そして鎌首を割れ目に当てていった。

これでいい。これで間違いない。これで、俺は晴れて男になれるのだ。

と裕太は腰を突きだしていった。割れ目に入ったと思ったが、その先が進まない。

あれ、どうしたのだろう。もっと割れ目を開いて、はっきりと入り口を見ないと駄目なのか。しかしそこまですると、童貞だとばれやしないか。紗耶香が一気に冷めてしまったら、まずい。

ここは男の俺がリードして、肉の結合を果たさないと。

けれど、何度割れ目を突いても、入らない。あせっているうちに、ペニスが萎《な》えていき、入れるどころではなくなってきた。

どうしたっ、ち×ぽっ。さっきまでびんびんだったじゃないかっ。ここで鋼《はがね》にならなくて、どうするっ。

紗耶香が上体を起こしてきた。そして、あせる裕太にキスしてきた。舌をねっとりとからませつつ、ペニスをしごいてくる。

するとあら不思議。瞬く間に、鋼のたくましさを取り戻していった。

よし、入れるぞ、と思ったが、紗耶香が裕太の上体を強く押してきた。

あっ、と思った時には、裕太が下になり、紗耶香が上になっていた。

紗耶香はペニスをしごきつつ、裕太の胸板に美貌を埋め、乳首をちゅちゅっと吸ってくる。

「ああ、紗耶香さん……」

乳首舐めしつつの手コキが、なんとも気持ちいい。同じことをされて、うめいていたＡＶ男優の気持ちがわかった。

このまま出してしまってもいいとさえ思う。

だが、今夜美人のお姉さん相手に男にならなければ、いつなるんだと自分を鼓舞して、裕太は起き上がろうとする。

すると紗耶香は濡れた瞳で、そのままでいて、と告げると、裕太の腰を跨いできた。そして反り返ったペニスを左手で固定すると、股間を下ろしていった。

あっ、俺のち×ぽがっ……ああっ、紗耶香さんの割れ目に……。

割れ目が鎌首に当たり、ぐぐっと開いていく。と同時に、鎌首が割れ目の中に呑み込まれていく。

鎌首が熱い粘膜に包まれるのを感じた。

ああ、入っているんだっ。紗耶香さんのあのピンクの花びらに、俺のち×ぽが包まれているんだっ。

どんどんと裕太のペニスが、紗耶香の割れ目の中に呑み込まれていく。

「あうっ、ああっ……」

紗耶香があごを反らせ、ぶるっと下半身を震わせる。

裕太のペニスが視界から消えた。全部、先端から付け根まで、紗耶香の中に入ったのだ。

ああ、繋がったっ。美人花屋と俺は繋がったんだっ。男になったぞっ。童貞卒業だっ。

「ああ、ここからよ、裕太くん」

童貞喪失ににやける裕太を上から見下ろし、紗耶香がそう言った。

「女を喜ばせて……ああ、一人前の男なの」

「は、はいっ」

どうも、とっくに童貞だとバレていたらしい。裕太は開き直って、紗耶香のくびれた腰を摑み、ぐぐっと突き上げていった。

「あっ、あっんっ……」

ひと突きで、たわわな乳房がぷるんっと揺れる。

裕太はもっと揺らしたくて、ずどんずどんと突き上げていく。

「あっ、ああっ……ああっ……すごいっ」

形良く張った乳房をぷるんぷるんと弾ませ、紗耶香が火の喘ぎを洩らす。

俺が、俺のち×ぽで、バストを弾ませ、紗耶香をよがらせているんだっ。

最高の気分だったが、それと同時に、暴発の予感も覚えた。嫌だ。もう出すなんて、嫌だ、と突きの動きを緩める。

緩めても、紗耶香の媚肉の締め付けはきつく、ちょっとでも気を抜けば、すぐに出してしまいそうだった。

「あんっ、じらさないでっ……ああ、裕太くんは直球勝負がいいよ」

「でも、あの……」

「いいのよ。思いっきり突いて、思いっきり出せばいいのっ」

「紗耶香さん……」

美人のお姉さんが、まさに女神《めがみ》に見えた。裕太は言われるまま、思いっきり突くことにした。ずどんずどんっ、と激しく突き上げていく。

「あっ、いい、いいっ……ああ、すごいよっ、裕太くんっ……ああ、いいっ」

「紗耶香さんっ」

弾むバスト、歓喜の声、飛び散る汗。

裕太の突きに反応する紗耶香のなにもかもが、裕太を刺激した。

フィナーレは瞬く間にやってきた。

「ああ、出そうですっ」

「ああ、そのまま出して……いいのよ、裕太くん」

一秒でも長く、この極上の時間の中にいたいと、裕太は歯を食いしばって耐えたが、もう無理だった。

紗耶香のおま×こが、紗耶香の身体が、紗耶香のなにもかもが魅力的過ぎた。

「ああっ、出ますっ」

おうっ、と吠えて、裕太は射精させた。ティッシュではなく、喉ではなく、ピンク色をした媚肉に向けて、ぶちまけていた。

どくどく、どくどく、と終わりがないくらい、射精し続ける。

この二十年間、溜まりに溜まった童貞汁を、すべて紗耶香の中に出していた。

5

紗耶香が上体を倒してきた。汗ばんだ乳房を裕太の胸板に押しつけつつ、熱い息を洩らす唇を寄せてきた。

舌をねっとりとからませあっていると、出し尽くしたはずのザーメンが、さらに先端からどろりと出るのを感じた。

「ああ、良かったわ、裕太くん」

「あ、ありがとう、ございます……」

思わず、裕太はお礼を言っていた。言わずにはいられなかったのだ。

「まだ礼を言うのは、はやいわよ」

妖しげに濡れた瞳で裕太を見下ろし、紗耶香が繋がったままの股間をうねらせはじめた。

「あっ、そんなっ……ああ、締めてますっ、ああ、すごく締めてますっ」

「そう」

紗耶香の媚肉が強烈に締まり、萎えつつあったペニスに快美な刺激を与えてきた。

紗耶香は再び上体を倒し、とがりきった乳首を裕太の胸板にこすりつけつつ、キスを仕掛けてきた。

ねっとりと舌をからめあわせると、興奮度が増してくる。

二十年分のザーメンを出し尽くしたと思っていたが、はやくも、紗耶香の中でペニスが力を取り戻しはじめる。

ああ、やっぱり、生身の女体はすごい。ＡＶを見て出すと、二発めをしようという気にはならない。けれど、入れたままキスするだけで、すぐにまたやりたいモードになっていく。

「ああ、すごいわ……もう大きくなってきた」

唾液の糸を引くように上体を起こすと、紗耶香が腰をのの字にうねらせていく。

「ああ、ああっ……紗耶香さん……気持ちいいです」

「じゃあ、私も気持ち良くしてくれるかな、裕太くん」

「ああ、すいませんっ……僕ばっかり気持ち良くなって……」

エッチは相手を気持ち良くさせて、それで自分も気持ち良くなるものなのだ。二十年間、自分勝手なオナニーだけをやり過ぎて、相手のことを思うことが欠けていた。

裕太はあらためて紗耶香のくびれたウエストを摑み、ぐいっと突き上げていく。

「あうっ……」

紗耶香が眉間に深い縦皺を刻ませる。あの縦皺は俺のペニスが刻ませたんだ、とさらに股間に力が漲《みなぎ》っていく。

裕太は力強く突き上げていく。

「あっ、いい、いいっ……ああっ、硬いっ、すごく硬いわっ、裕太くんっ」

ボブカットの髪が、べったりと紗耶香の頰や唇の端にからみつく。

紗耶香は火の息を吐きつつ、両手でからみついた髪をかき上げていく。

その時、弾む乳房の底が上がり、腋《わき》の下がちらりとのぞく。

なんともそそる眺めだ。

「あ、ああっ……ずっとこのままでいいのかしら」

妖しく潤んだ瞳で裕太を見下ろしつつ、紗耶香が聞いてくる。

ずっとこのままでいい？　にわかにはその意味がわからなかった。

「あんっ……私をバックから突きたくないのかしら」

「あっ、突きたいですっ。いいんですか、そんなことして」

「ああ、いいわ……好きにしていいのよ……ベッドの上では……ああ、お互い獣《けもの》にならないと……」

「け、獣、ですか……」

美人のお姉さんの口から出た言葉に、裕太は昂ぶる。

「あんっ、また大きくなったわ」

紗耶香がぶるっと腰を震わせる。

「あ、あの、いいですか……その……形を変えても」

「いいわ、どうしたいのかしら」

「もちろん、その……バックで……あの、四つん這いになってもらえますか」

四つん這いという言葉が、震えていた。

いいわ、と紗耶香が腰を引き上げていく。ザーメン混じりのペニスが、紗耶香の割れ目からあらわれてくる。それを見て、ああ、俺は紗耶香さんの中に出したんだ、とあらためて実感し、感動する。

鎌首が割れ目を抜ける時、カリが引っかかるのか、はあっんっ、と紗耶香が色っぽい声をあげた。

鎌首の形に開いた割れ目から、どろりとザーメンを垂らしつつ、紗耶香が素っ裸のまま、四つん這いの形をとっていく。

「ああ、エッチです……ああ、エッチ過ぎます、紗耶香さん」

四つん這いになった紗耶香の裸体に、裕太はあらたな興奮を覚える。

ウエストが折れそうなほどくびれているため、逆ハート型をしたヒップが余計セクシーに映えて見える。

「ああ、そんなに見ないで……すごく恥ずかしいのよ……」

「すいません、僕なんかのために……」

裕太は背後にまわった。そしてぷりっと張った尻たぼに手を置くと、ぐっと左右に割っていく。

すると深い狭間《はざま》の奥に、前の入り口とは違った窄《すぼ》まりが見えた。

最初それがお尻の穴だとわからなかった。あまりに可憐な蕾《つぼみ》だったからだ。

「あんっ、どこ見ているの、裕太くん」

視線を感じたのか、可憐な蕾がきゅきゅっと収縮を見せた。

「ああ、これは尻の穴なんですね」

「あんっ、だめよっ、見ちゃ……あんっ、恥ずかしすぎるわ」

恥ずかしすぎると言いつつも、紗耶香は四つん這いの姿勢を崩さない。

もしかして、ヒップの形だけじゃなく、尻の穴も綺麗だと知っているのか。自信があるのか。

裕太は花屋の美人の尻の穴を見つつ、ペニスをその下の穴に向けていく。

バックからだと入り口がよくわかる。これなら間違いようがないが、初体験でいきなりバックからやらせてください、とは言えない。

割れ目に鎌首を当てた。

ちょっと余裕が出てきた裕太は、ＡＶ男優を真似て、いきなり突かずに割れ目をなぞってみた。

すると、あんっ、と紗耶香がむずかるように鼻を鳴らす。

おうＡＶ男優みたいだぞ、と調子に乗ってクリトリスを突いてみる。

「あっ、だめっ」

掲げられたヒップが下がっていく。四つん這いの場合、あまり感じさせては駄目だと知る。あらためて尻たぼを摑み、割れ目に当てていった。

「ああ、来て……もう、じらさないで、裕太くん」

美人のお姉さんの方が欲しがっている。もう入れてあげないと。

裕太はぐぐっと鎌首で割れ目をえぐっていく。

ああっ、と紗耶香と裕太は同時に声をあげていた。バックからの挿入は、女性上位とはまったく違っていた。

なんて気持ちいいのだろう、と思いつつ、裕太はさらに深く突き刺していく。

「あっ、ああっ……」

逆ハート型のヒップがさらに高く差し上げられ、逆に上半身は下がっていく。

背後からの眺めが、なんともそそる。まさに美人のお姉さんを、ペニス一本で支配している感覚になる。

ほらっ、どうだっ、俺のち×ぽはっ、と童貞を卒業したばかりのくせして、おらおらの乗りで突いていく。

「ああっ、いい、いいっ……裕太くん、すごいっ」

下がった上体が弓なりに反り、すぐにまた、がくっと腕を折っていく。

尻の狭間を出入りしている胴体が、どんどん愛液で絖光《ぬめびか》っていく。

バック責めはよがり顔が見られないから、たいした刺激はないのでは、と思っていたが、まったく違っていた。

「あっ、あんっ……いい、いいっ」

ひと突きごとに、紗耶香はボブカットの髪を振り乱して、火の声をあげている。

さっき出したばかりというのに、あまりに強烈な刺激に、はやくも出そうになる。

入れやすいから初体験はバックがいいかな、と思ったが、それは間違いだと訂正する。初体験でバックから入れたら、恐らく、二突きで暴発させていただろう。

ペニスへの締め付けといい、支配しているような眺めといい、童貞男には刺激が強すぎる。

「あんっ、どうしたの、裕太くん」

と紗耶香が、ボブカットが貼り付く美貌をこちらに向けてくる。

暴発を恐れて、ほとんど突いていないことに気付く。さっきまでの、おらおらの勢いははやくも失っていた。

「すいません……」

「もっと突いて、裕太くん」

はい、と尻たぼに指を食い込ませ、裕太はあらためて突いていく。

「あっ、ああっ……」

再び、紗耶香の華奢《きやしや》な背中が弓なりに反っていく。

俺が反らせていると思うと、全身の血が沸騰するが、それと同時に暴発が迫る。

まずい、と裕太は目を閉じる。けれど、残像が残っている。だめだっ、出る。

いきなり、飛沫が噴き出した。

「おうっ、おう、おうっ」

裕太は雄叫《おたけ》びをあげつつ、バックから紗耶香の媚肉にぶちまけていった。

「あっ、うそっ……あ、ああっ……あんっ」

紗耶香はヒップをひくつかせながら、裕太の飛沫を受けてくれた。

第三章　被虐の人妻店長

1

「どうした、その顔は？」

翌日の昼過ぎ、スーパーに出勤するなり、長谷川が寄ってきた。一日経って絆創膏はすべて剝がしていたが、殴られた痕《あと》や傷は残っていた。

「昨日、麻生さんを鯛焼き屋のおやじから助けたんです」

と昨晩のあらましを説明する。もちろん、紗耶香相手に童貞を卒業したことも報告した。

「まじかよっ。麻生さん相手に男になったのか」

「二発やりました」

と裕太は胸を張る。

「すごいな。いかせたのか」

「いや、それは……」

「まあな、はじめてでいかせるなんて、無理だよな。しかし、よくやったな、岡崎」

と長谷川が自分のことのように喜んでくれる。

「これも先輩のお陰です」

「俺のお陰……俺はなにもしていないぞ」

「イケメンじゃなく、並の男なら、行動が第一、という教えを守って、鯛焼きおやじに突っ込んでいったんです」

「なるほど、そうか。それは良かった」

長谷川は満足そうにうなずく。

「それで、鯛焼き屋が突然店を閉めた理由がわかったよ」

「そう言えば、花屋の隣、空いてましたね」

「今朝、撤退します、と人妻店長に連絡があったそうだ」

「そうなんですか」

逃げるとは汚い男だが、ともかくこれで、紗耶香も安心して商売が出来るだろう。

人妻店長が視界に入った。今日も膝上のミニスカで店内を歩いている。長い髪はアップにまとめていた。うなじがなんとも色っぽい。

出社のあいさつに行こうとすると、愛梨に地域統轄の村田が近寄っていくのが見えた。

あっ、と裕太は驚きの声をあげていた。

乳製品の陳列棚をチェックしていた愛梨の背後から、ミニスカ越しにそろりとヒップを撫でたのだ。

「今、撫でましたよね。店長のお尻を」

「おう、俺も見た……」

尻を撫でられて気付いたのか、愛梨が振り向き、地域統轄に向かって頭を下げる。

なんだか、尻を撫でられて、礼を言っているように見える。

すると今度は、村田は愛梨の肩に手を置き、何度か撫でた。

そしてそのままさっと手を移動させ、うなじをなぞっていた。

愛梨の身体がぴくっと動いた。

嫌悪ゆえのぴくっという気もするし、思わず感じてしまったぴくっという気もした。

「店内で、人妻店長のうなじを撫でるとは、村田もすごいな」

と長谷川が妙なところに感心している。

やがて二人がこちらに来たので、長谷川はさっと裕太から離れ、仕事に戻った。遅れた裕太は、もろに二人と顔を合わせることになり、あわてて、深く頭を下げた。


店を閉め、掃除も終えると、裕太と長谷川は店長室にあいさつに行った。

「終わりました」

「お疲れ様でした。また、明日、よろしくおねがいします」

と人妻店長が笑顔を見せて、そう言ったが、その笑顔は強張っていた。

「あ、あの……」

失礼します、と出ようとする裕太と長谷川に愛梨が声をかけた。

「なんですか」

と長谷川が聞く。

「ううん。なんでもないわ……お疲れ様」

「店長は残業ですか？」

「ええ……」

あいまいな返事だ。

「なにか僕たちでお手伝い出来ることがあれば、言ってください」

と長谷川が言う。

「ううん。大丈夫よ。ありがとう……じゃあ、お疲れ様」

と愛梨が背中を向けた。なにか声をかけたかったが、失礼します、と長谷川といっしょに店長室を出た。

「店長、おかしかったな。なにかあるぞ」

「そうですね」

「……よし、張り込みだな」

「えっ……」

「付き合うだろ」

「も、もちろんです」

長谷川の言うことに従っていれば間違いはない、と裕太は思い、しっかりとうなずいた。友達と飲む約束をしていたが、すぐにメールで、残業が入ったごめん、と送った。それを見て、長谷川が、よし、とうなずいた。

2

裕太は長谷川といっしょに、あらためて、裏口からスーパーの店内に入っていった。

張り込みをはじめて三十分、そして地域統轄の村田がやってきて五分が過ぎていた。

「しゃぶるだけでいいんだ」

といきなりフロアの方から、村田の野太い声が聞こえてきた。

しゃぶるだけって……。

裕太は長谷川と顔を見合わせる。

そしてフロアに近寄っていく。

「俺が白瀬くんを店長に推薦したんだぞ。このまま売り上げが落ち続けたら、俺の責任にもなるんだ」

元々、売り上げが芳《かんば》しくない状態で、愛梨が店長になったわけだが、低迷は続いていた。車が使えない近所のお年寄りは、変わらず利用してくれているが、やはり、新しいショッピングセンターに移ってしまった客を呼び戻さないと、売り上げアップには繋がらなかった。

「女の私を店長に抜擢してくださり、地域統括には感謝しています。もう少しだけ時間をください。必ず、挽回《ばんかい》してみせますから」

「いいだろう。もう少しだけ待ってみよう。その代わり、しゃぶるんだ」

「そんな……」

「出来ないのか、白瀬くん」

愛梨は泣きそうな表情だ。不謹慎だと思うが、上司にしゃぶれ、と言われて、困惑している愛梨を見て、ぞくぞくしていた。

それは長谷川も同じようだ。目を光らせて、じっと愛梨をのぞき見ている。

「来ないのなら、待てないな。君を推薦した私の立場も危なくなるんでね」

「わかりました、統轄……お礼をさせてください」

お礼。しゃぶるのか。ここで村田のち×ぽを。

愛梨がその場に両膝をついていった。そして、スラックスのフロントに白い指を伸ばしていく。

その指が震えている。

人妻店長と村田はまだ深い関係ではない、という珠樹の読みは当たっていたようだ。と同時に、でも深い関係になるのは時間の問題だ、という読みも当たりそうな雰囲気になっていた。

愛梨がジッパーを下げていく。それだけでも異常な興奮を覚える。

愛梨の白い指がフロントの中に忍んでいく。そして、ペニスを摘み出してきた。

意外なことに、村田のペニスは半勃《はんだ》ち状態だった。地域統轄の村田のことだから、びんびんだと思っていたのだ。

「まだ元気がないな。大きくさせてくれないか」

「は、はい……」

愛梨が半勃ちのペニスをしごきはじめる。が、大きくなるどころか、縮みはじめる。

「俺に恥をかかせるつもりか、白瀬くん」

と勃起しないことを、愛梨のせいにしてくる。

「さすが、えげつないな」

と隣で長谷川がつぶやく。

「すいません……」

とさらに愛梨がしごいていく。けれど大きくならない。

「脱ぐんだ、白瀬くん」

えっ、と縮んだペニスを持って、愛梨が上司を見上げる。

裕太はごくりと生唾を飲む。

「勃《た》たないと、しゃぶれないだろう。まずは、その身体で、俺のち×ぽを大きくさせてくれ」

「でも、統轄……」

「嫌なのか。それなら、近いうちに店長を降りてもらうことになる」

「それは……待ってください……おねがいします」

なんて野郎だ。まさにパワハラじゃないか。と同時に、パワハラに負けて、脱ぐ人妻店長を見たい、という気持ちが湧き起こってもいた。

そんなことを思う自分が嫌だった。でも見たかった。

それは長谷川も同じようだった。なんて野郎だ、とつぶやきつつも、愛梨を見る目は爛々《らんらん》と光っている。

「店長を続けたいのなら、俺を勃たせるんだ」

村田くらいになると、勃ってないことさえ、女をいじめる道具として使えるのか。

普通は、しゃぶれ、と言いながら勃っていないのは、男の側の恥である。が、村田はそれを逆手《さかて》に取って、愛梨を辱《はずかし》めようとしている。

愛梨が立ち上がり、ブラウスのボタンに手を掛けた。

脱ぐのだ……。

このまま、駄目店長の烙印《らくいん》を押されたまま、やめたくないのだろう……他の女子社員のやる気にも関わってくるはずだ。

スーパー北条屋の三十ある支店で、はじめての女性店長。このままでは終わりたくないはずだ。

ブラウスの前がはだけ、ブラがあらわれた。清潔感あふれる純白のブラだった。ただ形はハーフカップで、豊満なふくらみの半分近くがあらわとなっていた。

抜けるように白い肌に、目がくらくらする。すべてのボタンを外すと、愛梨がちらりと窺《うかが》うように村田を見た。

「どうした、白瀬くん。やめるのかな」

いいえ、とかぶりを振り、愛梨はブラウスの袖から腕を抜いていった。

上半身、ブラだけになり、ブラウスを床に置く。村田のペニスは半勃ちのままだ。

ずっとのぞき見ている裕太のペニスは、最初からびんびんだ。愛梨がミニスカートに手を掛ける。震える指でサイドホックを外し、ジッパーを下げていった。

支えを失ったミニスカートが、すらりとした脚線に沿って、下がっていく。

それにつれて、パンティが貼り付く恥部があらわとなり、太腿がすべて露出していった。パンティはブラと同じ純白だったが、デザインはカラオケボックスで目にしたものと同じ、フロントがシースルーとなっていた。

「ほう、透け透けじゃないか、白瀬くん。いつもそんなすけべなパンティを穿いて、仕事をやっていたのか」

「いいえ……今日はたまたまです……」

脱いだミニスカートをパンプスから抜きつつ、愛梨が恥じらいの声でそう答えた。

たまたまじゃないぞ、人妻店長。いつも恥毛を透けさせて店内を歩いているんだ。

「たまたまか、そうなのか」

と村田はいきなり、恥毛が透けて見えるパンティのフロントに手を伸ばした。

あっ、と愛梨の身体がぶるっと震えた。

ほう、という顔になる。

「旦那と離ればなれに暮らして、どれくらいになるかな、白瀬くん」

パンティのフロントを撫でつつ、村田が聞く。

「あ、ああ……三カ月ほどです……」

「そうか。一番、身体が疼《うず》く頃だな」

「そ、そんなことは……ああ、ありません」

村田がパンティ越しにクリトリスを突いた。

「あっ……」

ブラとパンティだけのセクシー過ぎる身体がぴくぴくっと動いた。

「人妻店長、かなり敏感だな」

と長谷川が言う。そうですね、と裕太はうなずく。

「どうした、白瀬くん。嫌いな男に触られても、感じるほど疼いているのか」

「そんな……統轄のことが嫌いだなんて……」

はあっ、と火の喘ぎを洩らしつつ、愛梨がかぶりを振る。

「じゃあ、好きか」

「は、はい……」

困惑の表情を浮かべつつも、愛梨は小さくうなずく。

そうか、好きか、と村田はにやりと笑い、

「じゃあ、じかにクリトリスをいじってもいいな」

と聞いた。

「そ、それは……」

「俺のこと、好きなんだろう」

「は、はい……」

「じゃあ、いいだろう。パンティも脱ぐんだ、白瀬くん」

「それだけは……どうか……」

ゆるしてください、と愛梨がすがるような目を村田に向ける。

なんて目をするんだ、人妻店長。そんな目で見るから、いけないんです。

「俺のこと、好きって言ったのは、うそだったのか」

「いいえ、そんなことは……ありません」

「じゃあ、パンティ、脱げるよな」

「ああ……それだけは……」

愛梨は泣きそうな表情で、村田を見つめる。その目だけで、裕太は射精しそうになった。

「村田、びんびんになったな」

と長谷川がつぶやく。いつの間にか、村田のペニスは見事に反り返っていた。勃起するると、かなりの迫力がある。地域統轄としての力を見せつけていた。

「ああ、たくましくなられましたね……ああ、ご、ご奉仕させてください」

と愛梨はその場にあらためてひざまずいていった。

パンティを脱ぐのをうまく逃れた形だったが、愛梨の鼻先に村田の鎌首が迫る。

愛梨がつらそうな横顔を見せる。

助けに行くべきなのではないのか。これは完全なるパワハラである。

どうしますか、と裕太は長谷川を見やる。が長谷川はさらに爛々とさせた目で、今にも村田の鎌首にくちづけそうな愛梨の横顔を見ている。

どうやら、ここは助けに入るタイミングではないらしい。

「どうした、白瀬くん。旦那のことを思って、しゃぶれないか」

と村田が言う。すると、愛梨がとても悲しそうな顔をして、すがるように村田を見上げた。

「統轄……ご存じの通り……私には夫がいます……人の妻です……夫を裏切ることは……出来ません」

「そんなことはないだろう」

と村田が鋼のペニスで、ぴたぴたと愛梨の頬を叩きはじめる。

「あ、ああ……お、おやめ、ください」

そう言いつつも、愛梨は魔羅《まら》びんたをその綺麗な顔で受け続けている。

「村田、すごいな」

と長谷川がつぶやく。そうですね、と裕太はうなずく。

魔羅びんたに耐えている愛梨の表情は、これまで以上にそそった。どろり、と我慢汁が大量に出たことに気付く。

「どうする。しゃぶるか。それとも店長をやめるか」

「店長は続けさせてください」

「じゃあ、やることは決まっているよな」

「ああ、どうしても、ですか」

「だから、別にしゃぶらなくてもいいんだよ。新しい店長を送り込むだけだ」

「ああ……おしゃぶり……させてください」

愛梨が長い睫毛を伏せた。

3

唇をちゅっと、村田の鎌首に押しつけていく。

それだけで、村田が腰を震わせた。女をいたぶり慣れているような村田でさえ、愛梨の鎌首キスにはかなり興奮するようだ。

愛梨はくなくなと、唇を鎌首にこすりつけている。キスだけでなかなか舌を出さない。

そして、裏の筋にちゅっとくちづけていった。

「ああ、いいぞ……」

村田がうなる。

「じらさずに、舐めてくれないか」

愛梨はうらめし気に上司を見上げ、ピンクの舌をのぞかせた。ぺろりと裏筋を舐めあげていく。

たまらない、と裕太は腰をくねらせる。見ている方が、暴発させそうになる。

愛梨の舌が、裏筋から先端に移動していく。白い指でペニスの根元を固定させ、先端にねっとりと舌腹を押しつけていく。

「あっ、それっ……ああっ、いいぞ……白瀬くん」

村田が腰をうねらせる。とても気持ち良さそうだ。

愛梨はしつこく先端を舐めている。鈴口を舌先で突くような真似まで見せた。

「たまらないぜ」

と長谷川がスラックスのジッパーを下げはじめた。

「先輩……」

長谷川がペニスを出した。びんびんのペニスの先端は、先走りの汁で白くなっていた。

「咥えてくれ、白瀬くん」

村田がそう言っても、愛梨はねっとりと先端を舐め続ける。

「あっ、ああ……咥えてくれ、頼む」

愛梨は先端舐めを止めると、そそる唇を大きく開き、村田のペニスを咥えはじめた。

愛梨の唇に、村田のペニスが呑み込まれていく。

ああ、人妻店長が……村田のち×ぽを……なんてことだ……でも、なんてエッチなんだ、なんて綺麗なんだ。

村田のペニスを咥えていく愛梨の横顔は、いつも以上に美しく見えた。飲んでいく反り返ったペニスがグロテスクなせいで、愛梨の美しさが際立《きわだ》つのだ。夫以外のペニスをフェラすることで、愛梨が汚れることはなかった。むしろ、人妻としての輝きが増して見えていた。

裕太も我慢出来ず、スラックスのジッパーを下げていった。ペニスを摑み出す。それはまさに鋼であった。

村田のペニスを七割ほど咥えると、愛梨は優美な頰を窪ませていった。そして、吸い上げはじめる。

「あぁっ……」

村田が女のような声をあげ、腰をくねらせる。

愛梨の美貌が上下する。ハーフカップからこぼれそうな乳房も、美貌に合わせて揺れている。

「ああ、いいぞ、白瀬くん」

村田が愛梨の頭に手を置いた。そして、ぐぐっと下から突き上げていく。たくましいペニスが愛梨の口に入っていく。八割、九割、そしてすべてが入った。

「う、ううっ……うぐぐ……」

愛梨の頬が剛毛に覆われる。眉間に深い縦皺が刻まれ、とてもつらそうだ。

けれど、裕太も長谷川もそんな愛梨を見ながら、ペニスをしごいていた。

この時間だけ、三人の男たちは皆、同じ思いで愛梨を見ていた。

「ああ、吸うんだっ、白瀬くん」

愛梨の喉まで塞いだまま、村田が昂ぶった声でそう命じる。

「うぐ……うう……うぐぐ……」

愛梨はつらそうな表情を見せつつも、言われるまま、懸命に吸っていく。

「ああ、出そうだ……出すぞ、白瀬くん。どこがいい、どこに出して欲しい」

喉を塞いだまま、村田が聞く。

「うう、ううっ……うぐぐ……」

愛梨がなにか言っているが、うめき声にしかならない。

「そうか。顔に欲しいか。すけべな人妻だな」

そう言うなり、村田が愛梨の唇からペニスを引き抜いた。

そして次の瞬間、射精させていた。

どくっ、どくっと勢いよくザーメンが噴き出していく。

そしてそれは見事に、愛梨の美貌を直撃していた。

額から、小鼻、目蓋から頬、そして開いたままの唇やあごに、どろどろと掛かっていく。

「す、すげえ……」

長谷川がうなりつつ、しごいている。裕太の方は、愛梨の額にザーメンが掛かった瞬間、暴発させていた。

愛梨は顔射を受けたままでいる。どろりと流れるザーメンを拭《ぬぐ》おうともせずに、凄艶な美貌を晒している。

「綺麗だな」

と村田がつぶやく。

村田のザーメンを受けた愛梨の美貌はまったく汚れていなかった。ザーメンを浴びたことで、ますます輝いて見えた。

「またな、店長」

そう言うと、村田はペニスをスラックスの中に戻し、ジッパーを引き上げた。

そして、顔にザーメンを受けたままの愛梨を残して、フロアから去って行った。

村田が消えると、愛梨の肩が震えはじめた。目蓋や小鼻にかかったザーメンが、どろりと流れ、あごから垂れていく。

愛梨は泣いていた。

「岡崎、濡れタオルだ。二つな」

そう言いながら、長谷川が勃起させたままのペニスをスラックスに戻す。長谷川は射精させてはいなかった。

はい、と裕太はあわてて従業員の休憩室に走り、タオルを二つ、水で濡らすと、戻った。長谷川に一つ渡すと、行くぞ、とフロアに出て行った。裕太も後に従う。

そばに寄っていくと、愛梨が二人に気付いた。

あっ、という表情を見せて、あわてて指先で顔に掛けられたザーメンを拭いはじめる。するとすぐに、長谷川が濡れタオルで愛梨のザーメンを拭いはじめた。

「あ、ありがとう……長谷川くん」

長谷川が額や小鼻に付いたザーメンをていねいに拭っていく。

「岡崎」

と半分拭うと、長谷川が譲った。ちゃんと裕太のために、拭うザーメンを残しておいてくれた。なんて優しい先輩なのか。

「失礼します」

と言って、裕太は濡れタオルを人妻店長の頬に押しつけていく。

そして、ていねいにザーメンを拭っていく。愛梨は瞳を閉じたまま、じっと拭われるままに任せている。

唇のまわりやあごに掛かったザーメンを拭っていると、閉じた瞳からひと筋、涙の雫《しずく》がこぼれるのが見えた。

「軽蔑《けいべつ》するでしょう」

と愛梨が言った。裕太たちがのぞいていたことをなじることはなく、自分がやったことを恥じていた。

「まさか。軽蔑なんてしません」

と長谷川が言った。裕太も、そうです、とうなずく。

「だって……店長の地位を守るために……私は唇を汚したのよ……ううん、唇だけじゃなくて、顔も……最低でしょう」

「そんなことはないですよ、店長。地位を利用して、フェラを強要する村田が悪いんです」

と長谷川が言う。

「そうかしら……女だからって、店長が出来ないと言われるのが嫌で……でも、結局、女を利用して……地位を守っているだけだし」

ザーメンを拭い取った愛梨の肌は、艶りを帯びて、とてもいやらしく輝いていた。

まさにザーメンパックを受けて、素肌があらたに息づいてきているようだった。

愛梨はブラとパンティだけで、フロアの床にひざまずいたままでいる。

すぐそばに、ハーフカップからこぼれんばかりの乳房のふくらみと、フロントシースルーのパンティが貼り付く恥部がある。

お腹も、太腿も、丸出しである。

しかし、なんて白い肌なのだろうか。そばで見ているだけで、くらくらしてくる。

「ああ……こんな私なんか……もっと汚れてしまえばいいの……」

愛梨がそんなことを言う。だから、さっきは、ザーメンを顔で受けたまま、じっとしていたのか。

「おねがいがあるの……」

そう言って、愛梨が長谷川と裕太を見上げる。

4

「もっと、私を汚して欲しいの……めちゃくちゃにして……」

「もっと汚すって……顔に掛けろってことですか」

「顔でもいいし、バストでもいいわ。女の武器を使ってしまった私を、あなたたちに罰して欲しいの」

長谷川と裕太を見上げたまま、愛梨がそう言う。

店長でいるために、上司のペニスをしゃぶった自分をゆるせないようだった。

どうします、という目で、裕太は長谷川を見やる。

「わかりました。それで店長の気が少しでも楽になるのなら、協力させてください」

「ありがとう……長谷川くん」

協力というのは、人妻店長に向けてザーメンを飛ばすことを意味している。そんなこと……やるのか……やっていいのか……。

とまどう裕太をよそに、長谷川が愛梨の前でスラックスのジッパーを下げはじめた。

先輩っ……。

長谷川がペニスを摘みだした。すでに勃起したままのペニスが、愛梨の鼻先で揺れた。

「ああ、たくましいのね……」

ちらりと目にした後は、愛梨は美貌をそらした。

「どこに掛けてもいいんですよね」

「いいわ……罰をください……」

「じゃあ、おっぱいに掛けます。ブラを取ってください、店長」

反り返ったペニスをしごきつつ、長谷川がそう言う。

「お、おっぱいに……掛けたいのかしら」

「掛けたいです。さあ、ブラを取って」

「そんなこと……出来ないわ……」

と愛梨が小さくかぶりを振る。そんな仕草だけで、たわわに実っているふくらみが、ゆったりと揺れた。

「罰が欲しいっていうのは、うそなんですね」

「そんなことはないわ……女の武器を使うなんて、最低だと思うの……」

「じゃあ、ブラを取るんです」

「わかったわ……長谷川くんの言う通りに従います……」

愛梨がしなやかな両腕を背中にまわした。そしてブラのホックを外す。するとと、豊満に張ったふくらみ自体でカップを押しやり、形の良い乳房があらわとなった。

いやっ、と愛梨はすぐに両腕で乳房を抱いた。

バイトの学生の前でパンティ一枚になっていることに、あらためて気付いたのか、美貌はもちろん、鎖骨《さこつ》の辺りまで赤くさせて、全身で恥じらいを見せた。

そんな人妻店長を見下ろしながら、長谷川はぐいぐいしごいている。

「ああ、出そうです……おっぱいを見せてください」

「出そうなの……ああ、やっぱり……だめ……」

「罰が欲しいんじゃないですか」

「そ、そうね……ああ、罰は受けないと……いけないわ」

そう言うなり、愛梨が両手を乳房から離した。愛梨の乳首があらわとなる。それは意外にも、つんとしこりきっていた。

それを目にした途端、長谷川がおうっと吠えた。

乳房に向けられた鎌首から、ザーメンが噴き出した。

勢いよく噴き出しすぎて、乳房には掛からず、再び、愛梨の美貌を直撃していた。

「あっ、う、ううっ……」

予期していなかったのか、愛梨がつらそうに美貌を歪めた。そこに、どくどくとザーメンが掛かっていく。

なんて眺めだ。

エロ過ぎる眺めに、裕太のペニスはびんびんになっていた。手が勝手にジッパーを下げ、ペニスを摘み出していた。

美貌から、喉へと下がり、鎖骨まで下がったところで、射精が終わった。

「ああ……」

愛梨はたっぷりと掛かったザーメンをそのままに、裕太の方に顔を向けた。

「岡崎くんも……おねがい……」

はい、と裕太もしごいていく。

が、すごく興奮しているのに、出さなくてはいけない、というプレッシャーの方が強く、どんどん萎えていった。さっき一度出してしまったのも、大きかった。

「おい、どうした岡崎」

長谷川の方が、はやくも勃起を取り戻しつつある。

「すいません……ああ、すいません……」

愛梨がちらりと瞳を開いた。目蓋《まぶた》に掛かっていたザーメンが糸を引く。

愛梨がためらうことなく、裕太のペニスに美貌を寄せてきた。

「手をどけて、岡崎くん」

はい、と懸命にしごいていた手を離すと、愛梨がザーメンを浴びたままの美貌を埋めてきた。

いきなり、鎌首を咥えられる。

「あっ、店長っ……」

萎えているため、ペニス全体があっという間に愛梨の口の中に包まれた。

根元からじゅるっと吸われる。

「ああっ、店長っ……そんなっ」

口の中でち×ぽがとろけて無くなってしまいそうな快感に包まれる。

愛梨は懸命に吸ってくれる。たまらなく気持ちいいのだが、なかなか大きくならない。

「触って……岡崎くん」

ペニスから唇を引くなり、愛梨がそう言った。

「さ、触るって……どこを、ですか」

「どこでもいいわ……好きなところを触って……」

頬やあごから長谷川のザーメンを垂らしつつ、愛梨がそう言う。

「い、いいんですか」

愛梨が返事をする前に、長谷川が豊満な乳房を掴んでいった。美麗なふくらみをこねるように揉んでいく。

すると、愛梨は、はあっ、と火の息を洩らし、パンティだけの女盛りのセミヌードをくねらせた。

「ああっ、店長っ」

長谷川の手で揉みくちゃにされる乳房を見て、裕太も手を伸ばしていった。

左のふくらみを掴むと、やわらかな感触が手のひら全体に伝わってくる。

どこまでもやわらかな珠樹の乳房とも、ぷりっと張った紗耶香のバストとも、また揉み心地が違っていた。

このバイトをはじめる前は、バストに触れるどころか女性の手も握ったことがなかったのに、今は、他の女性の乳房を思い出しつつ、人妻の乳房を揉んでいる。

なんという急激な進歩なのか。この二十年まったく無かった女運が、一気にやってきた気がする。

人妻店長の乳房を揉んでいると、緊張でなかなか勃起しなかったペニスが、ぐぐっと力を帯びはじめた

勃ってきたぞ、とホッとすると、瞬く間に天を突いていく。

裕太は右手で乳房を摑みつつ、大きくなったペニスをしごきはじめる。

つんととがったままの人妻店長の乳首は、淡いピンク色をしていた。そこだけ見ると、人妻とは思えない。

でも揉み心地は独身の紗耶香とはやっぱり違っていた。今、単身赴任している夫に、揉まれまくってきたな、という感じがする。

でもその夫は、今、この極上のふくらみを揉むことが出来ない。

きっと東南アジアで今頃、悶々としているのではないだろうか。こんなに綺麗な妻がいるのに、その身体を好きに出来ないなんて、なんてつらいことだろう、と夫を可哀想に思った。

「あ、ああ……はあっ……」

愛梨が甘い喘ぎを洩らしはじめた。

俺の乳揉みで、人妻店長が感じているっ。

裕太だけではなかったが、長谷川と二人がかりで、二つのふくらみをしつこく揉まれ、愛梨は感じはじめているようだった。

長谷川がとがりきって震えている乳首を摘み、軽くひねった。

すると、あうっんっ、と膝立ちの愛梨の身体がぶるぶるっと震えた。

それを見て、裕太も愛梨の乳首を摘んでいった。摘むだけで、さらに昂ぶり、ペニスがぴくぴく動く。

摘まれた方も、さらに感じているようで、上半身をぴくっと動かしている。

「だ、だめ……ああ、もうだめ……」

だめ、という声が甘くかすれている。もっといじって、というように聞こえる。

もしかして、上司のザーメンを顔に浴びて、愛梨は感じてしまったのではないのか。

バイトの前に、乳房を晒し、ますます身体が燃えているのではないだろうか。

『一番、身体が疼く頃だな』

と村田も言っていたではないか。

「あっ、あんっ……乳首はだめ……いじっちゃ、だめです……」

ザーメンを浴びた美貌を、愛梨がいやいやというように動かす。すると、ねっとりと顔に掛かったザーメンが、どろりと流れていく。愛梨の美貌がますます輝く。

ああ、もうだめだっ、出そうだっ。

あっ、と思った時には射精させていた。

勢いよく噴き出したザーメンが、愛梨の乳首を直撃した。とがりきったピンク色の乳首が、瞬く間に白く汚れていく。

それを見て、さらに裕太は興奮し、どくどくっと射精を続ける。

乳首だけではなく、形良く張った乳房全体に、ねっとりと白濁が掛かっていく。

「あっ……ああ……あんっ……」

愛梨はどくっとザーメンが掛かるたびに、甘い吐息を洩らしていた。

やっぱり、ザーメンを浴びて感じてしまっているのだ。

裕太が揉んでいた左の乳房だけが、ザーメンにまみれた。

「ああ、ごめんなさい……卓也《たくや》さん……愛梨……汚れてしまったわ……」

愛梨は夫の名をつぶやきながら、ぎゅっと二つの乳房を抱きしめていった。

そんな人妻店長を見ながら、裕太はペニスをひくひくさせていた。

5

翌日。当たり前だが、人妻店長はいつもと変わらぬ笑顔を見せて、店内を歩き、バイトと接していた。昨日の夜、下着姿で村田やバイトのザーメンを顔や乳房に浴びた痕跡など、微塵《みじん》も感じられなかった。

もしかして、昨夜のことは俺の妄想で、現実なんかじゃなかったのではないか、と思ってしまう。

今日も、夕方になって村田がやってきた。すぐに、二人は店長室へと消えた。

二人きりで、なにをやっているのだろう。また、しゃぶらせているのか。もしかして、今日はやっているかもしれない。今日も、売り上げは芳しくなかった。鯛焼き屋が撤退した後の店もまだ決まっていない。

やがて閉店になった。パートのおばさんたちが、お疲れ様、と帰っていく。

今夜も愛梨は帰らない。一人で店長室に残ってパソコンに向かっていた。

裕太も帰ろうとすると、ちょっと付き合え、と長谷川に言われた。二人で店長室に入る。

「あら、お疲れ様。今日は帰っていいわよ」

裕太や長谷川に向ける笑顔が、気のせいか、強張っているように見えた。

「店長、お話があります」

と長谷川が言った。

「な、なにかしら……」

店長室に緊張が走る。

「土、日って売り上げがいいですよね」

「そうね……」

「これまで、休みの日だから売り上げがいいんだと思っていました。でも、ちょっと違うことに気付いたんです」

「なにかしら」

と興味深げに、愛梨が長谷川を見る。裕太も、なんだろう、と長谷川に目を向けた。

「男性客です。土日はあきらかに中年の男性客が多くて、しかも、店長のスカートの丈がより短い日ほど、売り上げが上がっているんです」

「そうなの？」

と愛梨がマウスを動かし、パソコンに目を向ける。

「この前の日曜日は、いつもよりミニだったですよね」

「そ、そうね……でも、二センチくらい短いだけだけど……」

「その二センチが大きいんです」

そうだよな岡崎、とふられ、そうです、と裕太はうなずく。

「店長は店長室にこもってばかりだけじゃなくて、よくフロアに出てきますよね。お客様に声かけをしたり、検品したりしていますよね」

「ええ」

「その時間が長ければ長いほど、男性客の滞留時間が伸びて、売り上げが上がっているんです。特に、酒が伸びているはずです」

「そうね、そうだわ」

パソコンのデータを目にして、愛梨がうなずく。

「この辺りは、お年寄りが多いだけじゃなくて、独身の中年男性がけっこう住んでいるんです。その男性たちが、店長のミニスカ姿見たさに、通うようになってきているんです」

「そ、そうなのかしら……気付かなかったわ」

「まだ、ミニスカ店長がいることを、知らない男性の住人は多いと思うんです。だから、これから、チラシを配りに行きませんか」

と長谷川が言った。

「あのショッピングセンターで配るのね」

「そうです。その時、かなりのミニで配ってください」

「でも……恥ずかしいわ」

「いっしょに配ってくれる女性がいます」

そう言うと、長谷川は店長室のドアを開いた。

「あら……大橋さん……」

そこには大橋珠樹が立っていた。驚くことに、太腿がほとんど丸出しのミニスカート姿だった。

熟女のミニスカ姿はエロすぎた。あぶらの乗り切った太腿を目にするだけで、裕太のペニスが疼いた。

「店長、売り上げを上げて、村田をぎゃふんと言わせましょう」

「大橋さん……」

「それに、独身の男性のお客さんが増えたら、自然とクリーニングの売り上げも上がるはずよ」

「ありがとうございます」

と愛梨が立ち上がり、深々と珠樹に向かって頭を下げる。そして、ありがとう、と長谷川と裕太に向かっても頭を下げた。

裕太はなにもしていなかったが、礼を言われるとうれしかった。

「私も、大橋さんくらいのミニにした方がいいのかしら」

「もちろんです。ショッピングセンターの敷地の外でチラシを配るわけですから、目立たないと、駄目です」

「そうね……目立たないと……」

「夜に目にする女性の生足《なまあし》は、嫌でも引き寄せられます」

「そうなの……」

「そうです」

と長谷川がうなずき、裕太もしっかりとうなずいた。

「これくらいね」

と珠樹が愛梨のスカートの裾を大胆にたくしあげていく。

すると、見る見ると、人妻店長の太腿が付け根近くまで剝き出しになっていった。

昨夜はパンティ一枚だけのセミヌードを見ていたが、こうしてあらわになる生足を目にすると、一発でペニスがびんびんになった。

「ああ、そんな……パンティが見えてしまうかもしれません」

「それくらいがいいんですよ、店長」

「でも……」

すでに、愛梨は美貌を真っ赤にさせている。剝き出しにされた生足をくなくなとよじらせていた。

そして十五分後、愛梨たちは新しく出来たショッピングセンターの駐車場の外にいた。駐車場から出てくる車に近寄り、北条屋S支店のチラシを渡す。

運転手が男性一人の場合は、ほとんど車を停めて、受け取ってくれた。

長谷川と裕太はチラシ配りはやらず、少し離れたところで見ていた。

愛梨と珠樹の超ミニ姿は、たまらなかった。三十二歳の人妻の生足と三十七歳の未亡人熟女の生足。どちらも、太腿の付け根ぎりぎりまであらわにさせているのだ。

裕太が運転手でも、間違いなく、止めて、チラシを受け取ると思う。その時、舐めるように、太腿を見るだろう。

「しかし、いい足しているよな」

と長谷川が言う。

「そうですね」

四本のそそる足を見ているだけで、股間がむずむずする。

「大橋さん、よく協力してくれましたね」

「実は、珠樹とはエッチしているんだ」

と長谷川がなんでもないことのように、そう言った。

「そうなんですかっ」

「人妻店長狙いでこのバイトをはじめたんだけど、今じゃすっかり珠樹に骨抜きにされちゃってな」

長谷川は複雑な表情で付け加えた。

「骨抜き、ですか……」

「ああ、バイトの休憩時間を合わせていて、休憩室でいつもフェラで抜かれているんだよ」

「休憩室で……フェラですか」

珠樹が上体を斜めにして、車の運転手にチラシを渡している。ミニの裾がたくし上がり、むちむちの双臀がちらりとのぞいた。

珠樹はTバックを穿いていた。牝の色香が凝縮しきった双臀だ。外で目にすると、さらにそそった。

「毎日、バイト中に抜かれていて、バイトが終わった後、毎日、珠樹のマンションでエッチしているんだ」

「すごいですね、先輩」

「俺も最初は、ラッキーだと喜んでいたんだけど……未亡人っていうのは貪欲だよな……毎日、口で一発、おま×こで二発抜かれ続けているんだぜ」

「一日、三発ですか」

「でも、昨日、人妻店長相手に、二発も出しただろう。しかも、すごくたくさん出たぜ。やっぱり、女が違うと、勃つもんなんだな」

「じゃあ、昨日は、一日、五発出したんですか」

「そうだな」

一日五発も出しつつも、人妻店長のために、売り上げデータを調べて、売り上げアップのためのアイデアまで考えているなんて、なんてすごい先輩なんだろう、と裕太はあらためて尊敬の眼差しで長谷川の横顔を見た。

チラシを配り終えた愛梨と珠樹が戻ってきた。

二人共、美貌を上気させていた。

「みなさん、受け取ってくれて、良かったわ。もっと、拒否されるかと思っていたけれど」

と愛梨が言う。あぶらの乗った太腿が間近に迫り、どぎまぎする。

「ああ、こんなに足を出したことなかったから、恥ずかしいけど、なんか興奮しちゃったわ」

と言いつつ、珠樹が長谷川に妖しげな目を向ける。

興奮しつつも、長谷川が腰を引いているのがわかって、おかしかった。

「飲みに行きましょう」

と珠樹が提案して、そうね、と愛梨がうなずいた。

6

愛梨はかなりのピッチでビールを飲んでいた。やはり、昨夜のことを忘れたいのだろう。一時間ほど飲んで、トイレから戻ってくると、珠樹と長谷川が消えていた。

座敷で飲んでいたのだが、珠樹がずっと長谷川の股間を撫でていたのは知っていた。

「先輩たちは？」

「帰っちゃったわ……あの二人、怪しいわね」

「そうですね」

ここにいらっしゃい、と言われ、失礼します、と裕太は人妻店長の隣に座る。

すると、白い太腿が嫌でも目に入ってくる。超ミニのまま、居酒屋に来ていたのだ。

「今日も、地域統轄が来たでしょう」

「そうですね」

「店長室で……なにをしていたと思う？」

と酔いで潤んだ瞳を、愛梨が裕太に向けてきた。

「えっ……また、なにか命令されたんですか」

「ええ……」

と愛梨がうなずく。でも、なにを命令されたかは言わない。

「なにをされたんですか」

しゃぶらされたのか、それともやったのか……まさか、それはないだろうけれど。

「スカートを……たくし上げろって……言われたの……」

「スカートを、ですか」

裕太は超ミニに目を向ける。座敷に座っているため、裾がたくしあがり、今にもパンティが見えそうだった。

「そう……営業時間中の店長室で……私、自分の手で……スカートの裾をたくしあげたの……あ、ああ……統轄の目はとてもいやらしくて……私の太腿を這うの……」

裕太の視線も、愛梨の太腿を這っていた。もう、ちらちらではなく、露骨な視線をからめていた。

「もっと上げろって、言われて……ああ、お腹が出るまでスカートをたくし上げたわ」

「お腹が、出るまで……」

ということは、店長室で愛梨はパンティを丸出しにさせていたわけだ。

「つらかったわ……こんなことまでして、店長を続ける意味があるのかと思ったの」

「そうですか」

「でも、それだけじゃないことに、気付いたの……」

「なんですか」

「ああ……軽蔑しないでね」

「しません……」

「地域統轄のすごくエッチな視線に……ああ、私……感じてしまっていたの……」

「村田に見られて……感じていた……店長がですか」

「ええ……ああ、なんてはしたない女になったんだろうって……でも、さっき、恥ずかしいくらい短いミニでチラシを配っている時も……ああ、男性の視線に……熱くなっていたの」

「そ、そうなんですか……」

超ミニ姿を見られて、熟れた身体を火照《ほて》らせていたのは、珠樹だけではないらしい。

「ああ、私、どうかしたのかしら。どう思う、岡崎くん」

じっと裕太を見つめてくる。

すぐそばに、人妻店長の唇がある。花屋の紗耶香とのことを思い出し、すぐにキスが出来そうな気になる。

いや、無理だ。ここは居酒屋の中なのだ。

「よくわかりませんけど……やはり、ご主人と別々に暮らしていることが原因なのかもしれません」

「ああ、卓也さんを……毎日、裏切っている気がするの……私、どうしたらいいのかしら。店長、やめてしまった方がいいのかしら」

「それは駄目です、店長。ここで引いたら、負けになりますよ。他の女性社員たちががっかりすると思います」

「そうね……そうよね……頑張らないと……私だけの問題じゃないのよね」

太腿が気になって仕方がない。キスしたくて仕方がない。

どうして、俺にそんなに太腿を見せつけているんだろう。どうして、無防備に美貌を寄せているんだろう。

「ああ、カラオケに行きましょう」

そう言うと、愛梨は立ち上がった。座敷から降りようとして、よろめく。

裕太は咄嗟《とっさ》に手を伸ばした。ブラウス越しに腰を抱き止める。

「ああ、ごめんなさい……」

あらためて愛梨のウエストのくびれに驚く。折れそうなほど細かった。

まわりの男性客の視線が、愛梨の肢体に集まる。超ミニから伸びた生足は、セクシー過ぎた。

店を出ると、愛梨はタクシーを拾った。後部座席に乗り込むと、裕太を手招く。

「カラオケボックス、すぐ近くにありますよ」

そう言ったが、愛梨は、いいから、と腕を伸ばしてくる。裕太は誘われるまま、乗り込んだ。

タクシーの中が、また天国というか地獄というか。

ちょっと手を伸ばせば、人妻店長の太腿に触れることが出来た。でも触れない。昨夜は、人妻店長のバストを揉みしだき、乳首をザーメンまみれにさせていたが、だからといって気安く触れるものではない。

十五分ほど走ると、とあるマンションの前で、タクシーが止まった。

「さあ、降りて、岡崎くん」

「ここは……」

「私の家よ……」

「店長の家なんですか……でも、いいんですか」

「一人は嫌なの……」

そう言うと、愛梨が裕太の手を握ってきた。

「店長……」

裕太は金縛りにあったように動けなくなった。

「どうしたの」

「すいません……」

愛梨に腕を引かれる形で、マンションへと入っていった。

エレベーターに入る。ふたりきりだ。愛梨の甘い匂いが鼻をくすぐり、たまらなくなる。店長の部屋。夫は東南アジアに行っている。

ということは、愛梨しかいない。愛梨と二人きりとなる。

心臓の鼓動が半端《はんぱ》なく、ばくばく鳴っている。すでに酔いは醒《さ》めていた。

手は握ったままだ。愛梨の白くて細い綺麗な指が、裕太の指にからみついている。

それだけでも、かなり興奮していた。

エレベーターが七階で止まる。扉が開いた。

「こっちよ」

と愛梨が手を繋いだまま内廊下を歩いて行く。人妻店長は、いったいどういうつもりで、裕太を家まで連れてきたのだろう。

もっと愚痴を聞いてもらいたいのか。励まされたいのか……それとも……。

嫌でも、高く張ったブラウスの胸元や剝き出しの太腿が目に入る。

一番奥のドアを愛梨が開く。さあ、どうぞ、と言ってパンプスを脱ぎ、愛梨が先に上がる。

「失礼します」

と裕太もシューズを脱ぎ、後に従う。廊下を進むと、広々としたリビングがあった。

「ワイン、飲むでしょう」

「は、はい……」

まだ飲み足りないようだ。店長の地位を守るために、村田の言いなりになっていること。そんな村田の視線に感じてしまっていること。他の女性社員のためにも、ここで店長を降りるわけにはいかないこと……。

いろんなことが愛梨の頭を駆け巡り、飲まずにいられないのだろう。

きっともっと愚痴を聞いてもらいたくて、励ましてもらいたくて、裕太を連れて来たのだ。きっとそうに違いない……。

「さあ、どうぞ」

と愛梨がグラスに赤ワインを注ぐ。そして自分のグラスにも注ぐと、形の良いあごを反らし、ごくりと飲んでいく。

勢いよく飲み過ぎて、唇から赤いワインがあふれてくる。それは喉を伝わり、ブラウスまで流れていった。

「店長……ブラウスが……」

「あっ、沁みになっちゃうわね。すぐ、処理すれば、大丈夫だから」

そう言って、愛梨がブラウスのボタンを外そうとする。けれど、かなり酔っているのか、うまく外せない。

裕太は愛梨のそばに寄ると、僕がやります、とブラウスのボタンを外していく。

なんか脱がせているみたいだ。いや、みたいじゃなくて、脱がせている。

でも、これはエッチのためじゃない。ブラウスに付いたワインをはやく取るためだ。

けれど脱がせていることに変わりはない。すでに、パンティだけの愛梨を見て、その乳房に射精していたが、急に緊張してきて、指が震えはじめた。

「どうしたの、岡崎くん」

「すいません……」

二つ、三つと外すと、ハーフカップに包まれた豊満なバストの隆起があらわれる。

その魅惑的なふくらみに、そそる谷間に、視線が引き寄せられる。

「ああ、店長っ」

裕太は思わず、その谷間に顔を埋めていった。

第四章　潮吹き妻の恥態

1

「あんっ、いけないわ……岡崎くん、こんなこと、だめよ」

いけないとわかっていても、愛梨の乳房の谷間から顔を引けずにいた。

ぐりぐりやっていると、ブラカップがずれて、乳首があらわれた。それはつんととがりきっていた。

それをあごでこすっていく。すると、あんっ、と甘い声が頭の上から聞こえてくる。

「ああ、ブラウス、沁《し》みになるから……はやく、洗わせて……おねがい」

裕太は乳首を口に含んでいった。じゅるっと吸っていく。だめっ、という声が聞こえてくる。

でもそれは突き放すような声ではなく、甘くからむような声だった。

人妻店長が感じている、と思うと、裕太の身体はかぁっと熱くなる。そしてさらに強めに吸っていく。

「あっ、あんっ……だめよ……おねがい」

裕太は右の乳首から顔を引くなり、すぐに左の乳首に吸い付いていく。じゅるっと吸いつつ、唾液まみれの右の乳首を摘み、ころがしていく。

「あっ、はあんっ……ああ、ああっ……」

愛梨の上体がぴくぴくと動く。

敏感な反応を受けて、裕太の乳首舐めにますます力が入る。

「ああっ、ブラウス……洗わせて」

愛梨が裕太の肩を摑み、強く押しやった。

「す、すいません……」

めくれたブラカップからあらわな乳房の頂点が、裕太の唾液まみれになっている。

愛梨はソファーから立ち上がると、ブラウスを脱ぎ、洗面所に向かう。

裕太はあらわになった華奢な背中と、ミニから伸びる魅惑の生足につられるように、後をついていく。

愛梨は洗面台で、ブラウスの手洗いをはじめる。ブラカップはめくれたままで、愛梨が腕を動かすたびに、豊満なふくらみがとても悩ましく揺れた。

それは裕太を誘っているように見えて、背後から抱きついていった。むんずと乳房を摑む。

「あんっ、だめよ……岡崎くん」

背後から摑む乳房が、また格別だった。

立ったまま背後から摑んでいるため、完璧なふくらみを揉むことが出来ていた。

「すいません、店長……だめなことはわかっています……でも、ミニスカ姿を見られて店長が感じていたように、見ていた僕の方も興奮していたんです」

「ああ、ごめんなさい……私、自分のことばかり考えてしまっていて……岡崎くん、まだ学生なのに……本当に、つらい思いをさせてしまったのね」

人妻店長はバストを揉み続けても、だめ、とは言わなくなった。ブラウスを洗い続け、バイトに乳房を委《ゆだ》ねている。

裕太は乳房から手を引くと、ミニスカートに手を掛けた。ホックを外し、サイドのファスナーを下げはじめる。

「あっ、それは……」

だめ、と言いつつ、愛梨が裕太の手を掴んでくる。けれど裕太は構わず、ファスナーを下げていった。そしてミニスカートを一気に脱がせていく。

「あんっ、だめよっ……岡崎くんっ……私には夫がいるのよ」

「わかっています、店長」

今日の愛梨はローライズのピンクのパンティを穿いていた。股間に引っかかっているような感じで、今にも落ちそうに見える。

ヒップの尻の狭間が半分近くのぞいていた。

「ごめんなさい……なんだか今夜は一人になりたくなくて……岡崎くんに来てもらったんだけど……勘違いさせてしまったみたいで……」

やはり、愚痴を聞いてもらい、励まされたくて、裕太を呼んだのだ。バイトとエッチするためではない……。

「すいません、店長……なんか……こっちこそ、恥ずかしいです……あの、失礼します」

愛梨をめくれたブラとパンティだけにさせたまま、裕太は洗面所を後にすると、そのまま玄関から廊下に出た。

愛梨にはご主人がいるのだ。やれるわけないじゃないか。

「待って、岡崎くんっ」

エレベーターを待っていると、愛梨が走ってきた。ブラは外れ、ローライズのパンティだけだ。

「店長……」

「帰らないで……もう少し、私といて。おねがい」

「で、でも……」

「おねがい」

と愛梨がしがみついてくる。

「ああ、店長……」

エレベーターの前でパンティ一枚でしがみつかれ、収まりつつあった裕太のペニスが、一気に勃起を取り戻した。

「統轄にエッチな命令をされて、それにいやいや従いながら、統轄の視線に感じてしまっている自分が嫌なの」

「はい……」

「それはきっと……主人がそばにいないからだと思うの……」

「そうですね」

愛梨と裕太は部屋に戻り、リビングのソファーに差し向かいに座っていた。

愛梨はローライズのパンティだけで、豊満な乳房を両腕で抱いていた。そんな姿のまま、悩みを話し始めていた。

「あの……おねがいがあるの……」

「なんですか、店長」

「今夜だけ……今夜だけって約束で……あの……抱いて欲しいの」

「えっ……今、なんて言いました？」

「あんっ、女に二度も言わせるつもりなの」

鎖骨まで羞恥色に染めて、愛梨がこちらに寄ってくる。

パンティだけの人妻店長の肌からは、さっきからずっと、なんとも言えない甘い匂いが漂ってきていた。

「統轄のエッチな視線に感じてしまうのは、きっと欲求不満のせいだと思うの……あぁ、私も三十二の女なの……結婚して二年になるわ……エッチの良さも知っているの……でも……欲求不満でも誰とでもエッチ出来るわけではないわ……」

「そ、そうですね……」

愛梨の美貌が迫ってくる。二の腕からはみ出ているふくらみが迫ってくる。

「今夜だけ……私を慰めて欲しいの……ああ、私だって……店長だって……慰めが欲しいのよ、岡崎くん」

愛梨の唇が裕太の唇に重なってきた。

触れた瞬間、裕太の身体に快美な電撃が流れた。

裕太は愛梨を抱き寄せ、舌で唇を突いていった。すると、愛梨の唇が開いた。すぐさま、舌を入れていく。

「あっ、うんっ……うっんっ……」

愛梨の方から積極的に舌をからませてくる。なんとも甘い唾液の味に、裕太のペニスがスラックスの下でひくつく。

麻生紗耶香の唾液も甘かったが、人妻の唾液は、もっと濃かった。

エッチの良さを知りつつも、しばらく放っておかれている身体から醸《かも》し出される、淫らなエキスのように感じた。

裕太はそんなエキスを啜り取るようにして、人妻店長の舌を吸った。

「店長っ」

唾液の糸を引くように顔を放すと、裕太はたわわに実った乳房を掴む。両手でこねるように揉んでいく。

「あ、ああっ……」

乳首が見る見るとがっていく。裕太は乳房に顔を埋め、ちゅっと吸っていく。

「あっ……ああ、おねだりして、いいかしら」

乳首を吸いつつ、なんですか、と裕太は愛梨を見上げる。

「噛んで欲しいの」

いいんですか、と目で聞く。

「……おねがい……」

夫にいつも甘噛みされているのだろうか。やはり、夫にされているようにされたいのだろう。

この前、童貞を卒業したばかりの裕太に、テクなどない。ここは、愛梨の身体を開発した夫に倣っていった方が効果的だ、と思った。

裕太はとがった乳首の根元に歯を当てると、慎重に歯を立てていく。

「あんっ……もっといいのよ……岡崎くん」

もっと、と言われ、弱めに噛む。

するると、ああっんっ、と愛梨がパンティだけの官能美あふれる身体をくねらせる。

「もっと……強く噛んで……おねがい」

乳首に歯を立てる時は、とても慎重に、と女体攻略本に書いてあった。

強くなんて噛んだら、痛がるだけでしらけてしまう、と指南してあった。

だから、強く、と言われても、やや強めくらいにする。

「あんっ、いじわる……じらすなんて……」

ひくひくと上体を震わせつつも、愛梨がむずかるように鼻を鳴らす。

裕太は指南書を無視して、強めに歯を立てていった。

「あっ、あうっ……ううっ……」

愛梨の声が変わった。

「すいませんっ」

と裕太はあわてて唇を引く。

「あんっ、いいのよ……それでいいのよ」

「でも……痛くないですか」

「痛くなんかないわ……おねがい……自分では出来ないことなの」

やはり、夫にいつも噛まれているのだろう。ずっと噛まれていない乳首が、疼いてたまらないのだろう。

俺が夫になります、店長。

裕太はもう片方の乳首を唇に含み、こちらはいきなりがりっと噛んでみた。

すると、はあっんっ、と予想以上の敏感な反応を見せて、愛梨ががくがくと上体を震わせた。

裕太はそのまま強めに噛みつつ、さっきまで噛んでいた乳首を摘み、こちらも強めにひねっていく。

「ああっ、あなたっ……ああ、卓也さんっ」

人妻店長の口から、東南アジアに飛んでいる夫の名がこぼれる。

愛梨が崩れていった。

2

ソファーから立ち上がろうとする裕太を制し、愛梨がスラックスのベルトを緩めはじめる。そしてジッパーを下げると、腰を浮かせて、と言った。

言われるまま、腰を浮かせると、愛梨がスラックスとボクサーブリーフをいっしょに下げていった。

愛梨の小鼻を弾かんばかりに、勃起させたペニスが勢いよくあらわれる。

「ああ……すごいわ……」

火の息を洩らし、愛梨は裕太のペニスを摑んでくる。

「硬いわ……ああ、硬い……」

勃起させたペニスの硬さを確かめるというか、味わうように、愛梨は右手でしっかりと握って、しごきはじめる。

「ああ、店長……」

それだけでもたまらない。裕太はソファーに座ったまま、腰をくなくなさせてしまう。

なんせ、バストもあらわな人妻店長が、裕太の足元に膝をついて、なんとも綺麗な手でしごいているのだ。

美人というのは指も綺麗なんだな、とあらためて思う。その白くて細い指が、グロテスクといっていい勃起させたペニスにからんでいるだけでも、視覚的刺激は充分だった。

その上、しごくたびに、豊かに張った乳房が重たげに揺れるのだ。しかも、とがりきっている乳首は、裕太がつけた唾液で絖っている。

愛梨は左手でも摑んできた。両手で絞り上げるようにしごいてくる。

「あぁっ、そんな……」

「ああ……似ているの……」

と愛梨が裕太のペニスを見つめつつ、甘くかすれた声でそう言う。

「似ているって……なにがですか」

「ああ、岡崎くんの……お、おち×ぽが……主人の……おち×ぽに……似ているの」

「僕のち×ぽが……店長のご主人に……」

「ああ、この前……スーパーの中で……大きくなった岡崎くんのおち×ぽを見た時、どきりとしたの……卓也さんのおち×ぽを思い出して……たまらなくなったの……あの夜から……岡崎くんのおち×ぽ……頭から離れなくて……だから誘ったの……」

「そうだったんですか」

「ごめんなさいね……夫のことばかりで」

根元をしごきつつ、愛梨がそう言う。

「いいえ、そんなことはありません」

「おしゃぶりしても、いいかしら」

頬を赤らめつつ、愛梨がそう聞く。

「もちろんです。好きなだけ、しゃぶってください」

ありがとう、と言って、愛梨が唇を寄せてくる。ありがとう、と礼を言わなければならないのは、裕太の方だった。

ねっとりと愛梨の舌が先端に這う。

「ああっ」

それだけで、裕太はたまらなくなる。

愛梨が裏筋に唇をつけてくる。ぺろりぺろりと舐めてくる。

「ああ、そんな……そこ……ああ……」

愛梨は上目遣《うわめづか》いに裕太を見つめつつ、裏筋をしつこく舐めてくる。

好きなだけしゃぶっていい、と言いつつも、ちょっと舐められただけで、暴発しそうになる。

実際、はやくも我慢汁があふれてきていた。それに気付いた愛梨が、ピンクの舌を先端に戻してくる。

ピンクの舌が、裕太の我慢汁で汚れていく。

「ああ、店長……」

ていく。

愛梨の唇が大きく開き、先端を咥えてきた。反り返った胴体に沿って、唇が下がっていく。

はやくも暴発しそうになり、裕太はあわててペニスを抜いた。そして、パンティだけの愛梨を抱え上げ、ソファーに横たわらせた。

ソファーに横たわる愛梨の身体が、またそそった。

ソファーというのは、パンティだけで横たわる場所ではない。そんな場所でパンティだけでいる愛梨は、とてもエロティックだった。

裕太はローライズのパンティに手を掛け、引き下げた。すると、品良く生え揃った陰りがあらわれた。

「あっ、明るいわ……」

リビングには明かりが煌々《こうこう》と点《つ》いている。それゆえ、生まれたままになった愛梨の身体を堪能出来る。

「暗くして……」

と言いつつ、愛梨が両手で恥部を覆う。

「見せてください、店長」

裕太は愛梨の細い手首を摑むと、ぐぐっと左右にやった。

「ああ、明るいの……恥ずかしいわ」

裕太は愛梨の手首を押さえたまま、剝き出しの恥部に顔を寄せていった。すると、普段かすかに香ってくる愛梨の匂いを濃くしたような薫《かお》りが鼻孔を包んできた。

裕太は匂いに引き寄せられるように、愛梨の恥部に顔を埋めていく。

「あっ、だめっ」

クリトリスを含み、じゅるっと吸っていく。すると、ぴくぴくと人妻店長の裸体が動く。敏感な反応に煽《あお》られ、裕太はさらに強く吸っていく。

こちらも甘嚙みした方がいいのだろうか。女体攻略本には、クリは乳首以上に優しく、と書いてある。

わからない。でも、今回は嚙んでとは言わない。やはりクリは嚙まない方がいいのだろう。

裕太はクリトリスを吸いつつ、割れ目に指を添えていく。

「あっ、うそっ……開いちゃ、だめっ」

だめ、と甘い声で言われたら、余計開きたくなるのが男というものである。

甘い声の、だめ、は、いい、と同じだ、と確か指南書に書いてあった。

ここも女体攻略本通りに行動する。ぐぐっとくつろげると、人妻店長の体臭を煮詰めたような匂いが、裕太の顔を包んできた。

裕太を男にしてくれた紗耶香の花園は、目が眩《くら》むようなピンク色だったが、人妻店長の媚肉は、赤みがかった濃い目のピンク色だった。

夫にずぼずぼ突かれてきた媚肉だ。

裕太は人差し指を入れていく。

「ああっ……」

発情した肉の襞《ひだ》が、ざわざわと裕太の指にからみついてくる。

「すごいです、店長」

裕太は奥へと指を入れていく。すると、からみついた肉襞もいっしょに奥へと巻き込まれていく。

「あ、ああ……恥ずかしいわ……ああ、明るすぎるわ……」

もう愛梨の手首を押さえてはいなかったが、愛梨は恥部を隠すことはなかった。羞恥の息を吐きつつも、裕太に媚肉を見られることで感じているようだった。

奥に進ませるにつれて、媚肉の締まりが強烈になっていく。

こんなところにペニスを入れたら、イチコロのような気がする。

裕太はもう一本、人差し指も入れていく。

「あっ、二本はだめっ……あっ、あんっ」

だめっ、という声が、さっきよりさらに甘くなっている。二本も好きよ、と言っているんだと解釈する。

裕太は二本の指で、愛梨の蜜壺をかき回していく。

「あっ、ああっ……そんなっ……ああっ……」

激しく指を動かすと、愛液がどろりとあふれてきた。股間から、ぴちゃぴちゃと淫らな蜜音が聞こえてくる。

「エッチな音、聞こえますか、店長」

「あんっ、聞こえないわ……ああっ、あんっ、なにも聞こえないわっ……」

裕太は媚肉の入り口の天井付近を強くこすりはじめた。

女体攻略本に、ここが女体の急所だと書いてあったのを思い出したのだ。

「ああっ、ダメダメ……ああっ、そこはダメッ」

愛梨の声がにわかに舌足らずになっていく。やはり、ここはかなりの急所のようだ、と裕太は二本の指で、天井のざらざらをこすり続ける。

すると、ソファーの上で、愛梨の裸体がぴくぴく動きはじめた。白い肌にあぶら汗がにじみはじめ、甘い体臭がさらに濃くなる。

「ああ、変っ……ああ、なにか変なのっ……あ、ああっ……岡崎くんっ」

と愛梨が裕太の手首を強く握ってきた。

その瞬間、割れ目から、なにかが噴き出した。

「ああっ……いやいやっ……いやっ」

最初、お洩らししたのか、と裕太は思った。が、これはシオだと気がついた。

割れ目の奥から噴き出したシオは、裕太の手のひらや手の甲はもちろん、手首まで濡らしていく。

「す、すごいですね、店長……店長が、シオを噴くなんて……」

「ああ……シ、シオって……な、なに」

と愛梨が上体を起こし、自分の股間を見た。びっしょりと濡れた恥毛が、べったりと割れ目のサイドに貼り付き、ソファーも濡れていた。

「な、なにこれっ……私が……お洩らししたのっ」

愛梨は全身を羞恥色に染めて、バイトの目から隠すように、濡れたソファーに突っ伏していった。

3

むちっと盛り上がった魅惑の双臀が、裕太の前にあらわれる。

なんてそそる尻なんだろう。やはり、人妻は違う。

裕太は人妻店長の双臀に手を伸ばしていった。そろりと尻たぼを撫でる。

すると、尻たぼの柔肌が、しっとりと手のひらに吸い付いてきた。

裕太はねちねちと撫でていく。

すると、愛梨が双臀を差し上げはじめた。

「店長……」

「ああ、恥ずかしいわ……こんなかっこうさせるなんて……」

シオを隠すためとはいえ、自らソファーにうつ伏せになり、そして自ら双臀を差し上げているのに、愛梨はそんなことを言っている。

これは尻から舐めて欲しい、ということなのだ、と解釈し、裕太は尻たぼをぐっと広げる。すると、妖しげな蕾が目に入ってくる。

「尻の穴の横にほくろがありますね」

と裕太はわざとそう言った。

「あんっ……どこ見ているの……だめよ、岡崎くんっ」

尻の穴の横のほくろのことは知っているらしい。そしてたぶん、それが男を喜ばせることも知っているようだ。

たぶん、夫に、エロいほくろだ、と言われて濡らしているのだろう。

やはり人妻はエロい。

裕太はほくろを舐めるべく、尻の狭間に顔を埋めていく。そしてぺろり、と尻の穴の横のほくろを舐めた。

「あっんっ……だめっ……そんなとこ……ああ、舐めちゃ、だめっ」

愛梨が敏感な反応を見せて、ぴくぴくと掲げた双臀を震わせる。

ほくろに感じているのか、それともバイトに尻の穴の横のほくろを舐められているということに感じているのか。

いずれにしても、人妻店長の敏感過ぎる反応に、裕太の頭にさらなる血が昇り、そのまま、尻の穴へと舌を移動させた。

「あっ、だめっ……そこは、違うわっ」

愛梨の双臀が逃げようとする。裕太はがっちりと尻たぼを押さえこみ、魅惑の菊の蕾をぺろぺろと舐めていく。

「ああっ、ダメダメ……そこは違うの……ああ、ああっ……はあっんっ」

尻の穴を舐められたのは、はじめてではないようだ。それどころか、性感帯として開発されているようだった。

なんて人妻だ。こんな人妻を、よく一人で残して、夫は東南アジアに長期出張なぞしたものだ。

裕太は舌先をとがらせ、愛梨の尻の穴に忍ばせていった。

「あっ……入れてはだめっ」

掲げられた愛梨の双臀が、がくがくと震える。

一カ所ではなく、常に二カ所同時に責めるべし、という指南書の教えが、ふいに裕太の頭に浮かんだ。

そうだ。二カ所同時だ、と尻の穴を舌先で突きつつ、クリトリスを摘んでいった。

すると、

「いいっ！」

と愛梨が甲高い声をあげた。忍ばせた舌が、強烈に締め上げられる。

裕太は舌をそのままに、クリトリスをこりこりところがす。

「いい、いいっ……あなたっ、いいっ」

裕太ではなく、東南アジアにいる夫を思っていることが残念だったが、仕方がない。夫がここまで愛梨の身体を開発しているから、こうしてよがらせることが出来るのであって、別に裕太のテクが凄いわけではない。

ここまで開発した妻を置いて、東南アジアに行っている夫に感謝すべきだと、裕太は思った。ありがとうございます、白瀬卓也さん。お陰で、童貞を卒業したばかりの若輩者《じゃくはいもの》なのに、店長をひいひい泣かせることが出来ています。

「ああっ、だめっ……もう、我慢出来ないっ……入れてっ、ああ、岡崎くんのおち×ぽ、入れてっ」

尻の穴で裕太の指を締めつつ、髪を振り乱して愛梨がそう言った。

裕太がクリトリスから手を放し、尻の穴から舌を抜くと、愛梨はソファーから崩れていった。

リビングの床に突っ伏し、はあはあ、と火の息を吐いている。

華奢な背中も、むちっと張った双臀も、あぶら汗でぬらぬらと絖光っている。

裕太はシャツを脱ぎ、裸になると、あらためて、愛梨の尻たぼを摑んだ。

「上げてください」

「ああ、バックから入れるのね……」

「駄目ですか」

とわざと聞く。

「ううん……バックからください……」

ああ……なんてことだ、憧れの人妻店長が、裕太にバック突きをおねだりしている。

ペニスはもちろんびんびんで、我慢汁で先端はぬらぬらだった。

フェラされた時に、口に一発出しておいた方が良かった、と後悔する。恐らく、バックから入れて、ふた突きくらいで暴発させそうな気がした。

でも、入れるしかない。人妻店長が欲しいと言っているのだ。

「お尻を上げてください」

はい、と愛梨は素直に膝を伸ばし、あぶらの乗った双臀を差し上げてくる。

それを見ただけで、さらに我慢汁がにじんでくる。

裕太は尻たぼを摑んだ。ぐっと開き、前の入り口に矛先を進めていく。

我慢汁だらけの先端が、蟻《あり》の門渡《とわた》りをくすぐり、あんっ、と愛梨が鼻を鳴らす。

割れ目に到達した。裕太は肛門に力を入れ、ぐぐっと突いていった。

ずぼりと先端がめりこんでいく。

「ああっ、おち×ぽっ」

といきなり、愛梨が叫ぶ。

そんなにち×ぽが欲しかったのか。この三カ月、ち×ぽが欲しくてつらかったのか。

夫の代わりとしてはかなりの力不足だと思ったが、全力で突きまくろう、と裕太は腰を動かしていく。

いきなり、ずどんっと思いっきりえぐった。

「いいっ……」

愛梨の上半身がぐぐっと反った。

人妻店長の敏感すぎる反応に煽られ、裕太は最初から飛ばしていく。

ずどんっ、ずどんっと力を込めて突いていく。

「いい、いいっ……ああ、おち×ぽ、いいのっ……ああ、すごいわっ、岡崎くんっ」

夫ではなく、裕太の名字を呼ばれ、身体がさらに熱くなる。

尻たぼに指を食い込ませ、人妻店長の媚肉をえぐり続ける。

が、はやくも、暴発の危機を感じた。突きの勢いが弱くなる。

すると、あんっ、どうしたの、というように、愛梨が細長い首をねじって、こちらを見上げてくる。

その妖しく潤んだ瞳と目が合った瞬間、裕太はあっけなく射精させていた。

「あっ……ああっ……」

愛梨はこちらに火照った美貌を向けたまま、裕太のザーメンを子宮で受けた。

「すいませんっ」

と叫びつつ、おうおうっ、と裕太は射精を続ける。

射精している間も、愛梨の媚肉は強烈に締めてくる。根元から絞り取られる感じで、裕太は大量のザーメンを愛梨の中に注いだ。

ペニスが抜けると、支えを失ったように、愛梨が床に突っ伏した。

4

むちっと盛り上がった双臀に、無数の汗が浮いている。それが、深い狭間に向かって次々と流れていくのを、裕太はじっと見つめていた。

「すいません、店長……」

「ああ……シャワーに行きましょう」

気怠《けだる》げに愛梨が起き上がる。すでに、割れ目は閉じていた。そこから、ザーメンがにじんでいるのを見て、裕太のペニスがぴくっと動く。

たっぷりと絞り取られたため、ペニス自体は萎えていた。

「さあ、行きましょう」

と愛梨が右手を伸ばしてくる。鎖骨も二の腕も乳房もお腹も太腿も、すべて、汗ばんでいる。これは俺が流させた汗なんだ、と思うと、ペニスがまたぴくぴくと動いた。

手を繋ぐと、

「ありがとう……」

と愛梨がはにかむような表情でそう言った。

「こちらこそ、ありがとうございます……あ、あの……すいません……すぐに終わってしまって……」

「まだ終わってはいないわよ。そうでしょう」

そう言って、もう片方の手で愛梨がペニスを摘んできた。

「ああっ……」

それだけで、裕太は腰をくねらせてしまう。

浴室に入った。人妻店長と二人きり。お互い生まれたままの素っ裸。なんて幸せなシチュエーションなのか。

愛梨がシャワーを掛けてくれる。自分で浴びるより、お湯が数倍気持ちいい。

愛梨が自分にもお湯を掛ける。すると、官能美あふれる裸体に浮いていた汗が、流されていく、と同時に、肌が輝きはじめる。

愛梨がボディソープを手に取り、泡立てた。そして裕太の胸板に塗してくる。乳首を手のひらでこすられ、あっ、と思わず声をあげる。

そんな裕太を見て、愛梨が、うふふ、と笑う。はやく出したことへの不満は見られない。さすが人妻だと思った。

不満そうな顔をしたら、たぶん、余計緊張して、もう勃たない気がした。けれど、愛梨は大きな愛で裕太と接してくれている。

だからリラックス出来ていた。

泡立てた愛梨の手が、胸板からお腹へと下がってくる。

それだけで、ぞくぞくした刺激を覚え、ペニスが力を帯びてくる。リラックス出来ているから、勃ちはじめるのだと思った。

そのペニスに愛梨の手が触れた。泡立てた手で包んでくる。

「ああ、店長……」

ゆっくりとしごきつつ、愛梨が美貌を寄せてきた。唇が重なり、舌が入ってくる。

愛梨の手の中で、ぐぐっと大きくなるのがわかる。

「ああ、すごいわ……もう、こんなになって」

「店長……」

「ああ、岡崎くんにおねがいがあるの」

「なんですか」

「私も洗ってくれるかしら」

もちろんですっ、と裕太はボディソープを手に取り、急いで泡立てる。

それを見て、愛梨が、うふふ、と笑う。

「急がなくても、私は逃げないわよ」

はい、とうなずき、裕太は、失礼します、と泡立てた手をいきなり乳房に伸ばしていく。そしてむんずと掴んだ。

「あっ……」

と愛梨が甘い声をあげる。裕太はとがったままの乳首を押し潰すようにして、乳房を揉んでいく。

愛梨は、ああっ、と甘い喘ぎを洩らしつつ、裕太のペニスをしごいてくる。

裕太の場合、洗うというより、いきなり愛撫になっていた。

「あんっ、おっぱいばかりじゃだめよ……ちゃんと洗ってね、岡崎くん」

「すいません……」

裕太は愛梨に抱きつくように身体を寄せて、両手を背中へとまわす。泡立てた手で背中をなぞると、愛梨がぴくぴくっと女盛りの裸体を震わせる。

そのまま双臀へと泡立てた手を下げていく。尻の狭間に手を入れ、右手で蟻の門渡り辺りを、左手で菊の蕾を丹念に洗った。

「あふんっ、気持ち良い……洗うの……ああ、上手なのね、岡崎くん……」

愛梨も、右手でしごきつつ、左手を垂れ袋の下から蟻の門渡りへと伸ばしてきた。泡まみれの指でくすぐってくる。

「ああっ、店長……」

裕太は腰をくねらせつつ、菊の蕾に小指を忍ばせていく。すると泡が潤滑油代わりとなり、爪先が中に入った。

「あっ、だめっ……」

愛梨の双臀が逃げるように動いた。裕太はそれでも構わず、指先を忍ばせていく。と同時にもう片方の手をクリトリスへと持っていき、摘んでいった。

「あああっ……」

愛梨が裕太のペニスを握ったまま、上体を反らせる。裕太のペニスはいつの間にか、びんびんになっていた。

ここで、人妻店長をよがらせようと思った。人妻店長に喜んでもらわなければ。

「そこに手を付いてください、店長」

と裕太はバスルームの壁を指差す。

えっ、と戸惑いの表情を見せる愛梨のくびれた腰を摑み、ぐるっと半回転させると、両手をタイル壁に付かせた。

そして、むちっと盛り上がっている尻たぼを摑む。

「ああ、ここで……ああ、立ったまま、入れるのね……」

「はい」

「ああ……」

熱いため息は期待のあらわれだ。今度こそ、期待に応えなければ。

裕太は尻たぼを開き、立ちバックで勃起を取り戻したペニスを突き刺していく。

ずぼり、と挿入する。

「いいっ！」

一撃で、愛梨が歓喜の声をあげる。

肉襞の群れが一斉に裕太のペニスにからみつき、貪り食いはじめる。

裕太はからみついた肉襞を引きずるように、激しく突いていく。

「いい、いいっ……ああ、すごいっ……ああっ、岡崎くん、すごいわっ」

一撃一撃に、人妻店長が反応してくれる。すぐそばで、愛梨の髪が背中を掃いている。裕太は考えるより先に髪を摑み、立ちバックで突きながら、ぐぐっと引いた。

「あうっ……ああっ……」

愛梨の上体が弓なりに反ってくる。裕太はもう片方の手を前に伸ばし、弾む乳房を鷲摑みにする。

ああ……AVみたいだっ……ああ、最高だっ。

愛梨が美貌をこちらに向けてきた。半開きの唇が塞いでと誘っている。裕太は乳房を揉みくちゃにしつつ、火のよがり声を吐いている唇を塞いでいく。

すると、ただでさえ締まりがきつい媚肉が、万力《まんりき》のように締まった。

「ううっ……」

裕太は愛梨と舌をからめつつ、うなる。二発めだから、と余裕で突いていたが、途端に、突きの勢いが鈍くなる。

じゃあ、舌をからませるのをやめればいいじゃないか、と思ってしまうが、愛梨の唾液はとろけるように甘く、こちらから口を引くことなど出来ない。

すると、愛梨の方からヒップを前後に動かしはじめた。

「あっ……」

ペニスが根元から抜き取られるような快感に、裕太は唇を引いて、叫んでいた。

裕太はほとんどペニスを動かしていなかった。立ったまま、愛梨がヒップのうねりだけで、裕太のペニスを貪り食ってくる。

「突いてっ、岡崎くんっ、もっと、おねがいっ」

夫の代打としての務めは果たさなければ、と裕太はあらためて尻たぼを掴み、ぐぐっと突いていく。

真正面に突いていくペニスを、ぬらぬらの粘膜がのの字を描くように締めてくる。

３Ｄで刺激を受けている感じだ。

紗耶香で童貞を卒業したばかりの裕太には、あまりに刺激が強烈過ぎる。

「ああっ、もっとっ」

裕太は顔面を真っ赤にさせて、歯を食いしばりつつ、まだまだ出るな、と懸命に耐えている。

「いい、いいっ……ああっ、いいわっ」

肉悦《にくえつ》の声をあげつつ、人妻店長はむちむちの双臀をうねらせ続ける。

「あっ、そんなに動かしたら……ああ、出そうです、店長」

「いいわ……出して……ああ、いいわよ、岡崎くん」

「いいんですか……」

「いいわよ……ああ、たくさん、掛けて」

愛梨が再び首をねじり、こちらに目を向けた。

ああ、なんて綺麗なんだ。ああ、なんて唇なんだ。

キスしたら即出そうだとわかっていても、裕太はぐぐっと突きながら、再び愛梨の唇を塞いでいった。

ねっとりと舌がからみ、甘い唾液を味わった瞬間、愛梨の中で裕太のペニスが膨張した。

出るっ。舌をからめつつ、愛梨の中に、どっと飛沫を放つ。

「ううっ……ううっ……」

火の息が、裕太の口に吹きこまれる。眉間の縦皺が、とても深くなっている。

ああ、この俺が、俺のち×ぽで、歓喜の縦皺を刻ませているんだ。

人妻店長の縦皺はとてもセクシーで、それを見ながら、裕太はさらにどくどくとぶちまけていた。

5

数日後の週末——裕太は半被《はっぴ》を着て、店の前に立っていた。

隣から、さわやかな薫りが漂っている。

三浦由衣が同じく、薄手のニットセーターの上から半被を着て立っている。

それでいてスカートはかなりのミニ丈だった。しかも、生足で、すらりと伸びた脚線美が堪能出来た。

「地ビール、いかがですか。いろいろ揃っています」

と裕太は声を出す。

ここは、鯛焼き屋が撤退した後のスペースだ。

男性客が多いということから、男性客向けの商品を増やすことにしたのだ。愛梨が本部と交渉して、地ビールを売ることになったのだ。

やはり販売は女性がいいだろう、ということでレジ係りの三浦由衣が店頭に立つことになった。

出来れば、ミニでおねがい、と人妻店長に言われ、由衣はＯＫしていた。人妻店長が村田からのパワハラを受けていることを由衣も知っていて、売り上げに少しでも協力したいから、とミニスカ姿を引き受けたのだ。

どんなミニで来るのだろう、と思っていたら、かなり大胆に太腿を露出させたミニでスーパーにあらわれ、裕太や長谷川は息を荒くさせていた。

しかも、モデル並に美麗な脚線で、さっきから、目のやり場に困っていた。

はじめは、女性の由衣だけで販売する予定だったが、一人だけでは恥ずかしくて、呼び込みの声も出せない、ということで、急遽《きゅうきょ》、裕太も立つことになったのだ。

「地ビールの販売、はじめましたっ」

スーパーの前の駐車場。車から降りて、こちらに向かって来る客たちに向けて、裕太は声を張り上げる。

由衣は声を出せず、もじもじしている。大胆なミニスカ姿を、恥じらっているようだった。

裕太の呼び込みではなく、あきらかに由衣のミニスカ姿に誘われるように、男性客たちが足を止める。そして、どんな地ビールがあるのかな、と由衣に話しかけていく。

由衣が説明をはじめる。客たちが由衣を見つめる。裕太もここぞとばかりに、由衣に目を向ける。

半被から出ているセーターの胸元がたまらない。スレンダーなのに、バストの隆起は豊かで、生唾ものの曲線を見せつけている。

そして下に目を向ければ、瑞々《みずみず》しい太腿が露出している。

それは珠樹や愛梨、そして紗耶香とも違ったぴちぴち感があった。

二十歳の女子大生だが、足だけ見ていると、女子高生のように感じる。

やはり、長谷川の読み通り、処女のような気がする。処女の太腿という感じだ。

俺はもう、童貞じゃないぞ、と少し余裕を持って、由衣の太腿を見つめる。

隣から視線を感じて、振り向くと、紗耶香がこちらを見ていた。花屋の紗耶香も今日はジーンズではなく、ややミニ丈のスカートを穿いていた。

紗耶香を見るたびに、裕太に跨がってきて、女性上位で繋がった場面が思い出され、股間がむずむずしてくる。

二度めはバックから責めたが、裕太の方が勝手に出してしまっていた。紗耶香をひいひいよがらせたいと思うと、一気にペニスが大きくなった。

「岡崎さん、レジおねがいします」

由衣に言われ、はっと我に返る。さっそく、由衣が地ビールを売っていた。はいっ、と千円札二枚を受け取り、レジを開ける。そしてお釣りを由衣に渡し、由衣が笑顔で客に渡した。

男性客相手の地ビール作戦は当たり、昼過ぎには、人妻店長も店頭に立った。朝見た時よりも、スカートの丈が短くなっていた。どうやら、由衣に合わせたようだ。

由衣の瑞々しい太腿に、愛梨の人妻らしいあぶらの乗った太腿が並び、男性客のほとんどが、地ビールの前で足を止めるようになった。

「エロ過ぎるな」

と休憩時間になるとすぐに顔を見せた長谷川が、裕太にそう言った。

「はい……もう、勃ちっ放しです」

由衣の太腿、愛梨の太腿。どちらもそそる。

予想以上に売れて、午後からは、商品補充のため、裕太は倉庫と店頭を何度も往復していた。

夕方になると、地域統轄の村田が姿を見せた。ミニスカ姿の、人妻店長を舐めるように見ていた。今日は売り上げがいいから、セクハラはしないだろう。

村田に気付いた愛梨が近寄っていった。ちょうど、客足が途切れた時だ。

愛梨が笑顔でなにやら説明している。売り上げがいい、と報告しているのだろう。

村田はうなずきつつ、愛梨の背後に手をまわした。

愛梨の笑顔が強張った。

どうしたのだろう、と下半身に目を向けると、ミニスカ越しに双臀を撫で回していたのだ。

なんて奴なんだ。こんな場所で、人妻店長の尻を堂々と撫でるなんて……。

怒りが湧いたが、同時に、異様な昂ぶりも覚えていた。

ミニスカ越しに尻を撫でられつつ、美貌を強張らせながら売り上げの報告をしている愛梨に、裕太の視線は釘付けになっていた。

村田のパワハラセクハラに耐えている愛梨の姿は、たまらなくそそった。

村田の手がミニスカの裾に伸びた。背後から太腿を撫で、そのまま裾の中に指を入れていった。

あっ、と愛梨が声をあげて、その場に崩れていった。

由衣や紗耶香も、何事かと愛梨の方に目を向けた。

パンティ越しにクリトリスを突いたのだ。それであんな反応を見せたのだ。

ということは、人妻店長は村田のパワハラセクハラに感じてしまっているのだ。

村田が愛梨に手を伸ばす。愛梨は村田を見上げ、手に掴まり、立ち上がった。

その時、ミニスカの裾が大胆にめくれていた。純白のパンティがのぞき、裕太は目を見張った。

いやっ、と愛梨は美貌を真っ赤にさせて、あわててミニの裾を引いた。

村田が店内に入っていく。その後を、愛梨が追った。

「店長……また、セクハラ受けるのかなあ」

と由衣が心配そうにそう言った。

「そうだね……」

「どうにかならないのかなあ」

「うん……」

どうにかしたいけれど、一バイトにやれることなんてないだろう。

店内に消えた人妻店長と村田が気になったが、地ビールコーナーは大盛況で、裕太は商品補充に忙しかった。

6

一日、由衣と地ビール売りをやって、すっかり打ち解《と》けた。忙しくて、それほど話せたわけではなかったけれど、距離が縮まった気がした。

後片付けをやっていると、人妻店長がやってきた。

「お疲れ様。思った以上に売れたわね」

はい、と裕太と由衣はうなずく。愛梨の美貌にはどこか陰があった。

やはり店長室でセクハラを受けたのではないのか。由衣は心配そうに愛梨を見ていたが、裕太はスラックスの下でペニスを疼かせていた。

そして、そんな反応をしてしまう自分が嫌になる。

「明日も、たくさん売ります、店長」

と由衣が言う。

「ありがとう……」

愛梨がちらりと裕太にからむような目を向ける。その色香がにじむ眼差しに、どきりとする。やはり、セクハラを受けていたんだ。そして、愛梨はまた、感じてしまっていたんだ。

バイトを終えて、裕太は由衣といっしょに帰った。裕太はチャリで来ていたが、由衣は近くの駅まで歩きだった。

裕太はチャリを押して、由衣を駅まで送っていた。

隣にストレートの黒髪が魅力的な色白の美人がいるというのに、裕太の頭は、人妻店長のことでいっぱいだった。

あの誘うような眼差しが気になって仕方がなかった。

「あの……」

なんだい、と裕太は由衣に目を向ける。澄んだ黒目で見つめられただけで、どきりとする。

「岡崎くん……店長と……あの……」

そこまで言うと、由衣は急に美貌を赤くさせて、なんでもないです、と言う。

「どうしたの？」

「いいえ……ごめんなさい……」

じゃあここで、送ってくれてありがとう、と由衣は駅へと向かう。

超ミニから伸びた生足がなんとも魅力的で、裕太はじっと見つめた。コンコースを歩く男たちの目も、皆、由衣の生足に引き寄せられているように見える。

由衣が立ち止まり、振り返った。

太腿をじっと見ていたことに気付かれたか、とあわてたが、由衣は胸の前で小さく手を振った。

裕太もあわてて手を振り返す。これってなんか恋人同士みたいじゃないか。

お茶でも誘うべきだったか。べきだったかではなく、誘わなければ駄目だったのだ。きっと長谷川ならそう言っていただろう。

ずっと人妻店長の誘うような目が気になって、すぐそばにいる美女のことを疎《おろそ》かにしてしまった。

なんて馬鹿なんだろう、今からでも間に合うか、と思ったが、由衣の生足はすでに改札の向こうに消えていた。

由衣の姿がなくなると、ますます愛梨のことが気になってくる。

人妻店長はまだ店内に残っているかもしれない。村田からセクハラを受けた店長室で、悶々としているかもしれない。

もしかしたら、オナニーを……裕太の脳裏に、超ミニの裾に手を入れて喘いでいる愛梨の恥態がとても生々しく浮かんだ。

裕太はチャリに跨がると、スーパー目指して漕ぎだした。

第五章　絶頂を求めて

1

スーパーに戻ると、裏口は開いていた。やはり人妻店長はまだ残っているようだ。

そっと中に入り、店長室へと向かう。

すると、フロアから、

「いいっ、いいっ……」

という女性のよがり声が聞こえてきた。

まさか、人妻店長、村田とやっているのかっ。

裕太はフロアをのぞいた。人の姿はなかったが、艶《つや》めいたよがり声は聞こえてくる。その声につられるように、裕太はフロアを奥へと進む。

するとと鮮魚コーナーで白い裸体がうねっていた。

「ああっ、もっとっ、長谷川くんっ」

立ちバックで突かれて、よがり泣いているのは、未亡人熟女の珠樹だった。長谷川が尻たぼを摑み、ぐいぐい突いている。長谷川の方はペニスだけを出していた。

一人だけ素っ裸の珠樹は、あぶら汗まみれで火照った肌をぬらぬらと絖光らせている。

ひと目見ただけで、裕太は鋼のように勃起させていた。

「いい、いいっ……一度、店の中で……ああっ、エッチしてみたかったのっ……ああ、いいわっ、思っていたより……ああ、ずっと興奮するわっ、長谷川くんっ」

「ああ、僕もです、珠樹さんっ」

長谷川も顔面を真っ赤にさせている。長谷川は珠樹相手に、毎日、口で一発、おま×こで二発抜かれ続けていると言っていた。

「ああっ、いきそうっ、ああ、長谷川くんっ、珠樹、いきそうっ」

未亡人熟女がたわわな乳房を大きく弾ませ、歓喜の声を上げ続ける。

客のいないフロアに、珠樹の声だけが響き渡る。

「おうっ、おうっ、いきますっ、珠樹さんっ」

「ああ、きてきてっ……」

おうっ、と長谷川が吠え、腰をがくがくと震わせた。すると、

「いくいくっ、いくっ」

と珠樹が立ちバックで突かれている裸体を激しく痙攣させた。

先輩、すごい。あの熟女をペニス一本でいかせるなんて……さすがだ、と尊敬の目で見つめる。

すると、熱い息を耳たぶに感じて、裕太ははっとなった。

振り向くと、人妻店長の濡れた瞳と半開きの唇が、目の前にあった。

「すごいわね……珠樹さん……」

愛梨がうらやましそうに、珠樹を見つめている。

「すいません」

と裕太は思わず謝っていた。

「どうして、謝るの？」

「だって……」

この前、いかせられなかったことを、裕太は謝っていた。だから欲求不満を解消出来ずに、今日のセクハラにも感じてしまったんじゃないのか。

珠樹の双臀から長谷川のペニスが抜けた。どろりとザーメンが珠樹の内腿を流れていくのが見える。

珠樹は長谷川を鮮魚コーナーを背にして立ったまま押しつけると、自分はその場に膝をつき、ザーメンと愛液でねとねとのペニスにしゃぶりついていった。

すると、ああっ、と長谷川が腰をくねらせた。

「今日は……店長室で……ブラウスのボタンを外されて、ブラの上から……揉まれたわ」

と愛梨が言った。その目は妖しく潤み、長谷川のペニスを貪っている珠樹の横顔に注がれている。

「感じたんですね、店長」

「ああ……そうよ……感じたの……主人に悪い……村田の愛撫になんて感じてはいけない、と思えば思うほど……ああ、濡らしてしまうの……」

「店長……」

「ああ、最低の女でしょう……軽蔑するわよね、岡崎くん」

軽蔑なんかしません、ではなく、軽蔑します、と言って欲しいのではないか、と裕太は感じた。

長谷川に相談したかったが、長谷川は今、珠樹にしゃぶられ、女のように喘いでいる。

「村田にブラ越しに揉まれて、乳首を噛まれたくなったんでしょう、店長」

裕太の口から自然とそんな言葉が出ていた。

愛梨の美貌が強張った。まずかったか、と思ったが、いじわる、というようななじるような目をからめてきた。

「ああ、大きくなってきたわね。ああ、もっと突いて、長谷川くん」

珠樹の唇から出てきた長谷川のペニスは、はやくも見事な反り返りを見せていた。

珠樹の唾液でぬらぬらだ。

珠樹がフロアで四つん這いになった。

エロすぎる裸体に、裕太はごくりと生唾を飲む。

「今日は、出店の売り上げがよかったから、スカートをめくれとは言われなかったの……ブラ越しに揉まれただけ……」

どうやら、それで中途半端な状態になっているようだ。由衣と裕太が頑張った地ビールの売り上げが、皮肉にも、人妻店長の身体を火照らせたままにしているようだった。

長谷川がバックから突き刺すのが見えた。

「いいっ！」

一撃で、珠樹の上体が弓なりに反った。

「ああ……」

耳元で熱い吐息がした。

裕太はブラウスの上から、高く張った愛梨の乳房を掴んでいた。こねるように揉んでいく。

「あっ、だめ……」

愛梨が裕太の手の甲に自分の手のひらを重ねてきた。それはしっとりとしていた。

「いい、いいっ……いいっ」

珠樹のよがり声が凄まじい。

「ああ……珠樹さん……」

愛梨の潤んだ瞳は、バック突きで燃えている珠樹の裸体に釘付けだった。

俺も人妻店長を泣かせないと、長谷川のもとに行ってしまうかもしれない。

裕太はブラウスのボタンを外しはじめた。

愛梨は、だめ、とは言わない。はあっ、と火のため息を洩らしつつ、珠樹の裸体を見つめている。

ブラがあらわれた。ハーフカップをめくると、豊満なふくらみがこぼれ出る。その頂点で息づく蕾は、つんとしこりきっていた。

裕太はいきなりそこにしゃぶりついた。乳首の根元に歯を当てていく。

「あんっ……あんっ……」

愛梨が甘い声を洩らす。もちろん、そんな可愛い声は、珠樹のよがり泣きにかき消されてしまう。

「ああっ、おしり、ぶってつ、長谷川くんっ」

と珠樹が叫ぶ。

「いいんですか、珠樹さん」

「いいのっ、ああ、ぶってっ」

じゃあ、と長谷川が未亡人熟女の双臀をぴたっと張る。

「あんっ、もっと強く」

はい、と長谷川がぱしぱしっと尻たぼを張る。すると、あんっあんっ、と珠樹が鼻を鳴らして、掲げた双臀を震わせる。

「ああ、珠樹さん……エッチだわ……ああ、うらやましい……」

と愛梨がつぶやく。まずい、とあせった裕太は思わず、がりっと乳首の根元を嚙んでいた。

「あうっ」

愛梨が大きな声をあげた。

それは珠樹の声と重なったが、ちらりと二人がこちらに目を向けた。のぞかれているのを知られてしまったか。

裕太は構わず、人妻店長の乳首を嚙み続ける。

「ああ……片方だけじゃ……ああ、いや」

すいません、と裕太はあわててもう片方の乳首を唇に含み、甘く嚙んでいく。

珠樹がこちらに向かって這いはじめる。長谷川がぐいぐい突きつつ、それに従う。

「あっ、ああっ、もっと、もっと突いてっ」

珠樹がよがりつつ、両手両足をこちらに伸ばしてくる。

2

「ああ……ばれたのかしら……ああ、いや……出ないと」

と言いつつも、愛梨は動かない。裕太はもう片方の乳首もがりっと強めに嚙んだ。

「あうっ」

愛梨の声がフロアに響く。

「ああ、聞かれてしまったわ……あ、ああ、だめよ」

「まさか店長だとは思いませんよ」

そう言いつつ、裕太は超ミニの裾に手を入れた。太腿を撫で上げ、パンティ越しにクリトリスを突く。

すると、

「はあっ、あんっ」

と愛梨が愉悦の声をあげた。

いいぞ。この調子だ。先輩に負けないぞ。

裕太はパンティの脇から指を忍ばせ、じかにクリトリスを摘んでいく。

「あっ、だめ……ああっ、珠樹さん……こっちに来るの……ああ、だめだめ」

バックで繫がったまま、珠樹がこちらに向かって這い進んでいる。

珠樹が近づくにつれ、愛梨の感度が上がっていく。

裕太はパンティを下げると、クリトリスを摘みつつ、もう片方の手を割れ目へと入れていった。

「あっ、ああっ……」

人妻店長の媚肉は、やけどしそうなくらい熱かった。

珠樹が起き上がる。すると、双臀から長谷川のペニスが抜けた。あらわになったペニスは、珠樹の愛液でねとねとだ。

珠樹はそのまま、カップ麺の棚に手を着いた。とがった乳首を棚にこすりつけつつ、あぶらの乗り切った双臀をうねらせる。

すると、長谷川が尻たぼを掴み、再び、立ちバックで突いていく。

「いいっ！」

珠樹がよがり泣き、カップ麺が棚から落ちていく。

「ああ……珠樹さん……気持ちよさそう……ああ、おち×ぽが……ああ、出入りしているの」

愛梨が火の息を吐くようにそう言う。

裕太はスラックスのジッパーを下げ、びんびんのペニスを摘み出した。

そして、調味料の棚の陰から珠樹たちをのぞいている愛梨の超ミニをたくしあげ、剝き出しの尻たぼをぐっと開いた。

珠樹たちを真似て、立ちバックでペニスを尻の狭間に入れていく。

ずぼり、と先端が入る。すぐさま、燃えるような粘膜に、先端が包まれていく。

「ああっ……おち×ぽ……」

愛梨がぶるっとヒップを震わせる。裕太は尻たぼに指を食い込ませ、ぐぐっと奥まで突いていく。

「ああっ、いい、いいっ」

愛梨が愉悦の声をあげる。けれど、珠樹のよがり声が勝っていた。

「いい、いいっ、バックいいっ……ああ、おち×ぽいいっ」

次々とカップ麺を落としつつ、珠樹がよがり泣いている。

こちらもひいひい泣かせてやるぞっ、と裕太は気合いを入れて、人妻店長の媚肉を立ちバックで突いていく。

「あっ、すごいっ……ああっ、いい、いいっ」

裕太はぐいぐい突きつつ、右手を前にまわし、人妻店長の乳首を摘み、ひねっていく。

「あうっ、ああっ……乳首もいいっ」

愛梨が珠樹と競うかのように、よがり声をあげはじめる。

珠樹が立ちバックのまま、こちらに足を向けてくる。

「ああ、来るわ……ああ、だめだめっ……ああ、こんな姿……ああ、見られたら……ああ、だめっ」

そう言いつつ、愛梨の媚肉が強烈に締まってくる。それを突き破るように、裕太はえぐっていく。

「いいっ、ああ、いい、いいっ……たまらないっ」

愛梨が叫ぶ。棚ががたがたと揺れて、調味料が次々と落ちていく。

珠樹が棚を伝いつつ、こちらに近寄ってくる。

「だめだめっ……ああ、いい、いいっ」

愛梨のよがり声がさらに大きくなっていく。

珠樹が角を曲がった。立ちバックで繋がっている愛梨と珠樹が向かい合う。

「ああっ、だめだめっ、見ないでっ……ああ、珠樹さんっ、長谷川くんっ……ああ、こんな愛梨を……ああ、見ちゃだめですっ」

愛梨が逃げようとする。すると、珠樹が手を伸ばし、愛梨の腕を掴む。そしてぐっと迫ってくる。

「あっ、珠樹さんっ……ああ、いやいやっ、恥ずかしすぎるっ」

珠樹と愛梨は今にも唇が触れあうくらい美貌を寄せ合っている。

裕太と長谷川の目が合う。長谷川が、やるじゃないか、という目で裕太を見つめる。

先輩と珠樹さんのお陰です、と裕太は目で伝える。

「ああっ、ああっ、いいっ」

と珠樹が歓喜の声をあげて、愛梨にしがみついていく。

あぶら汗のにじんだ熟女の乳房が、人妻店長の乳房を押し潰していく。

とがった乳首と乳首がこすれあい、ああっ、と愛梨が身体を震わせる。

裕太も長谷川に負けじとぐいぐい突いていく。

「いい、いいっ……」

ペニスにからみついている肉襞が、強烈に締まってくる。

「あっ、そんなに締めたら……」

「まだ、だめよっ、岡崎くんっ」

「はいっ」

珠樹と愛梨は互いの乳房を押し付け合い、しなやかな両腕を背中にまわしている。

長谷川の突きが激しい。思えば、長谷川はすでに一度放っていた。裕太はまだ出していない。

しかも、珠樹と愛梨が抱き合っているという視覚的な刺激が強烈過ぎる。

「あんつ、どうしたの……ああ、もっとおねがいっ」

愛梨は珠樹に煽られ、牝《めす》になっている。激しい突きを全身でねだってくる。

裕太は玉砕覚悟で、激しく立ちバックで突いていった。

「いい、いいっ……ああ、ああっ……いきそうっ……」

人妻店長の口から、いきそう、という声が洩れ、いかせられるかも、と裕太の身体は一気に燃えた。

あっ、と思った時には暴発させていた。どくどく、どくどくと大量の飛沫が、愛梨の子宮めがけて、噴き出していた。

「あっ、ああ……うそ……ああ……」

愛梨は珠樹と抱き合ったまま、身体を震わせる。

でもいってはいない。

「ああっ、ああっ、いい、いいっ」

珠樹がよがり泣きを噴き上げる。愛梨としっかりと抱き合ったままなため、よがり泣く珠樹の顔が、とても近くに見える。

珠樹は長谷川の突きによがりつつ、愛梨のブラウスを脱がせていく。

上半身が裸になる。あとは、めくれたままの超ミニだけだ。

「ああ、愛梨も珠樹さんみたいに、ああ、もっと泣きたいの……ああ、岡崎くん、もっと愛梨を泣かせて」

と愛梨が首をねじって、こちらに潤んだ瞳と半開きの唇を向ける。

立ちバックゆえに、顔が近い。さらなる責めを欲しがる愛梨の美貌と、肉悦の声を上げ続ける珠樹の美貌が間近にある。

裕太は愛梨の唇に口を重ねようとした。すると、珠樹が火の息を吐く唇で、裕太の口を奪ってきた。

ぬらりと舌が入ってくる。

「あんっ、いじわる……見せつけるなんて」

とすぐそばで、人妻店長がむずかるように鼻を鳴らす。

珠樹が唇を引いた。するとすぐに、愛梨の方から唇を重ねてきた。

たった今、未亡人熟女とからめていた舌に、人妻店長の舌がからんでくる。

なんて贅沢《ぜいたく》でなんて興奮するキスなんだ。愛梨と舌をからめていると、珠樹がよがり声を放ちつつ、裕太とのキスをせがんでくる。

愛梨が唇を引くなり、すぐに珠樹がキスしてくる。そしてまた、珠樹が唇を引くと、愛梨が唇を重ねてきた。

当然のこと、裕太の身体はカァッと燃えていた。愛梨の中に入ったままのペニスが、ぐぐっと力を帯びはじめる。

「ああ、大きくなってきたわ、岡崎くん」

唾液の糸を引きつつ唇を離し、愛梨がそう言った。

「ああっ、いい、いいっ」

珠樹が再び歓喜の声をあげはじめる。長谷川がぐいぐい突いている。

火の息を吐く珠樹が、愛梨の乳房を摑む。そして白い手で揉みしだいていく。

「あっ、だめです……ああっ、珠樹さん……だめっ」

珠樹に乳房を揉まれた途端、愛梨の媚肉が強烈に締まった。ペニスの根元から締め上げられ、裕太はううっとうなる。

「ああ、ああっ、店長もおねがい」

と珠樹が愛梨の手を摑み、自分の乳房へと導く。すると愛梨も珠樹の乳房を揉みはじめる。

「ああっ、いいわっ、もっと、強く揉んでっ、店長っ」

　珠樹が愛梨の乳房を、愛梨が珠樹の乳房を揉んでいる。そして珠樹が愛梨の美貌に顔を寄せていった。

　あっ、と思った時には、二人の唇が重なっていた。

　なんてことだっ、と思った途端、愛梨の中で裕太のペニスは一気にたくましくなった。

　裕太はあらためて尻たぼを摑むと、ぐいぐいと突いていく。

「ううっ、ううっ……」

　珠樹とキスしつつ、愛梨がうめき声を洩らす。ひと突きごとに、愛梨の媚肉がきゅきゅっと締まった。

　長谷川がぱしぱしっと珠樹の尻たぼを張りつつ、腰を小刻みに動かす。

　すると、いい、いいっ、と珠樹が歓喜の声をあげる。それを見て、裕太も、愛梨を突きつつ、ぱしぱしっと尻たぼを張った。

「あっ、だめっ、ぶっちゃ、だめっ」

　だめ、と言いつつも尻たぼを張るたびに、愛梨はさらに強く裕太のペニスをおま×こで締め上げてくる。

「ああ、ああっ……いきそうっ、ああ、珠樹、いきそうっ」

「ああ、出そうですっ、珠樹さんっ」

「ああ、いかせてっ、ああ、長谷川くんっ、いかせてっ」

「ああ、ち×ぽがっ……ああ、食いちぎられますっ」

おうっ、と吠えると、長谷川が腰を痙攣させた。

「いくっ、いくいく……いくっ」

珠樹はいまわの声を絶叫しつつ、再び、愛梨にしがみついた。

二度もいった未亡人熟女を、愛梨はうらやまし気に見つめている。

「岡崎、おまえも店長をいかせるんだ」

長谷川に言われ、はいっ、と裕太は返事をする。

ここでいかせることが出来ないと、恐らく、人妻店長も長谷川のペニスを求めることになるだろう。

長谷川が二つのおま×こ独占状態になりかねない。それは嫌だっ。絶対、人妻店長をいかせるぞっ。

珠樹は愛梨にしがみついたまま、はあはあとアクメの余韻に浸っている。

裕太は渾身《こんしん》の力を込めて、愛梨の媚肉を突きはじめた。抜かずの二発である。それゆえ、ザーメンは中に溜まったままだ。

それごと、裕太は突きまくる。

「いい、いいっ……すごいっ」

裕太の気合いが入ったバック責めに、愛梨が歓喜の声をあげる。

珠樹が愛梨の乳房を揉みはじめる。珠樹のおま×こからペニスを抜いた長谷川も、人妻店長の弾む乳房に手を伸ばしていく。

「あぁっ、いい、いいっ……おま×こ、いいっ、おっぱい、いいっ」

愛梨は二人の男と一人の女を相手にしていた。

珠樹と長谷川の乳房揉みは、裕太への援護射撃だ。

裕太は期待に応えようと、懸命に立ちバックで突いていく。

「ああ、いい、いいっ……もっとっ、ああ、もっとっ」

愛梨はさっきよりはよがってくれるが、いくまでには至らない。

ハイピッチで突きまくっている裕太が、はやくも、二発めを出してしまいそうになる。

「先輩っ、珠樹さんっ、乳首を、乳首を嚙んでくださいっ」

と裕太は咄嗟にそう叫んでいた。

珠樹の方がすぐさま、人妻店長の弾む乳房に顔を埋めていく。

「いいっ！」

愛梨が絶叫する。珠樹はいきなりがりっと噛んだようだ。

それを見て、長谷川も愛梨の乳房に顔を埋める。

「ああっ、もっと強く、長谷川くんっ」

珠樹の乳首噛みに悶えつつも、長谷川にはさらなる乳首噛みをねだっている。

なんて貪欲な人妻店長なんだろう。それだけ、欲求不満が溜まっていたのか。

夫に愛してもらえないことだけではなく、上司からのパワハラセクハラに耐える日々に、疲れていたのだろう。

俺がいかせてあげないと。

「ああっ、いい、いいわっ……ああ、乳首もおま×こもたまらないのっ」

愛梨の剝き出しの肌には、あぶら汗がにじんでいる。熟女の珠樹の体臭に、愛梨の匂いが混じり合う。

「ああ、出そうです、店長っ」

「あ、ああ、愛梨も……ああ、愛梨もいきそうっ……ああ、いかせて、岡崎くんっ」

裕太は顔面を真っ赤にさせて、ぎりぎりまで耐えつつ、それでいて突きの速度を緩めなかった。

「あっ、いきそう、いきそうっ」

愛梨の媚肉が、万力のように締まり、裕太のペニスを食いちぎった。

「おうっ！」

裕太は雄叫びをあげ、激しく腰を震わせた。二発目というのが信じられないような大量の飛沫が噴き出した。

「あっ、いくいく……いくいくっ」

愛梨がいまわの声を叫び、全身をぶるぶると痙攣させた。その弾む乳房の頂点には、珠樹と長谷川が食いついていた。

二人の手を借りたとはいえ、ついに人妻店長をいかせたぞ、と裕太は感激に包まれた。

3

翌日――スーパーの前で地ビールコーナーの用意をしていると、三浦由衣が、おはようございます、と顔を見せた。
昨日より、さらにミニ丈になり、すらりと伸びた生足がほとんどあらわになっていた。

その白くて瑞々しい脚線美にどきりとしつつ、裕太は、おはよう、と挨拶を返した。

由衣は裕太をつぶらな瞳で見つめると、あんっ、と恥じらうような顔をして、横を向いた。

いったいどうしたのだろうか。

そこに、おはよう、と人妻店長が姿を見せた。こちらもかなりのミニ丈だった。

愛梨が裕太を見つめ、優美な頬を赤くさせた。そんな愛梨を見やり、由衣も頬を赤くさせている。

やはり変だ。

「今日も頑張りましょう」

「がんがん売りますよ、店長っ」

と裕太はガッツポーズを作った。この人妻店長を昨夜はひいひいよがらせ、いかせたんだ、と思うと、男として、バイトとして、力が湧いてくる。

「よろしくね……」

愛梨は頬を赤らめたまま、地ビール売り場から離れていった。

やはり、いく、と全然違うのか。いかせた男というのは違うのか。

惚《ほう》けたような目で、人妻店長のミニスカ姿を見ていると、

「店長、今日の肌つやつやね」

と由衣が言い、はあっ、とため息を洩らした。

「そうかな」

「そうよ……ああ……岡崎くんって、すごいのね」

超ミニから伸びた生足をもじもじさせて、由衣がそう言った。

「すごいって、なにが」

「なんでもないわ……」

それから一日、裕太は由衣の視線を感じていた。昨日まではなかったことだった。

ミニ丈を短くしたぶん、昨日より、男性客が立ち寄る頻度《ひんど》が増えた。由衣の笑顔も、昨日より自然になり、売り上げも上がった。

今日は村田は姿を見せなかった。

地ビール売り場の片付けをしていると、

「あの……この後、ちょっと付き合ってくれますか」

と由衣の方から誘ってきた。

「もちろん……なにか食べようか」

とは言ったものの、可愛い女の子と食べる店なんて、裕太は知らなかった。駅前の店でもチェックしておけばよかった、と思ったが、これまでまったく縁がなかったから、ノーチェックだった。

それからずっとどこで食べようか、と考えていたが、由衣と駅前に行くと、

「ここでいいですか」

と言って、由衣が先に居酒屋に入っていった。リーズナブルな飲み屋だった。どこか洒落た店でも、と財布の中身と相談しながら考えていたが、まったくの杞憂《きゆう》に終わった。

テーブル席は埋まっていて、カウンターしか空いていなかった。並んで座る。すると、超ミニの裾がたくしあがり、今にもパンティが見えそうな状態になった。

ああ……なんて綺麗な太腿なんだ……やっぱり、処女なんだろうか……どうして誘ってきたのだろう。なにか相談でもあるんだろうか。

頭の中でいろんなことを考えていると、

「岡崎くんって、すごいのね」

とまた言われた。すでに由衣は生ビールをお替わりしていた。白い頬が、酔いのせ

いか、ほんのりとピンク色に染まっている。

いや、酔いだけではないかもしれない。なぜだか、今日一日ずっと、裕太を見ては、恥ずかしそうにしていたのだ。

「昨日、見たの……」

「見たって、なにを……」

嫌な予感がした。

「店長と……岡崎くんのこと……」

つぶらな瞳で裕太を見つめてくる。見つめつつ、ごくりとビールを飲んでいく。白い喉が悩ましく動く。

「なにを見たの」

由衣は薄手のニットセーターを着ていた。胸元の曲線がなんとも言えない。

「すごかった……店長が……あんなエッチな声を出すなんて……」

ああ、やっぱり、愛梨と立ちバックでやっているところを見られていたのだ。

でも、由衣はそれを非難しているわけではないことに気付く。むしろ、つぶらな瞳を潤ませて、はあっとため息を洩らしている。

すごいって……もしかして、俺のエッチがすごいっていうことなのか……それで、俺誘ってきたのか……まさか……俺と……したいのだろうか……。

「私、あの……不感症かもしれないの……」

「ふ、ふかん……しょう……」

「いや、違うと思うの。あの……私、付き合っていた人がいたの……」

それはいるだろうな。これだけの美人なのだから。

「それであの……エッチしたのね……」

処女じゃなかったか……珍しく、長谷川の読みが外れた。

「はじめてだったんだけど……あの……ぜんぜんよくなくて……その後、何回かしたんだけど……やっぱり、よくなくて……それで、なんか気まずくなって、別れてしまったの」

「そうなんだ……」

ストレートの黒髪が似合う美女も、いろいろあるわけだ。

「なんか、その彼が、私のことを不感症みたいに言ったの……」

「ひどいな」

「そうでしょう。でも、わからないの……だから、その……あの……確かめたいの」

「確かめる？」

「そう。私が本当に不感症かどうか、確かめたくて仕方がなかったの……でも、誰でもいいってわけにはいかないでしょう」

「そうだね……」

由衣の希望がわかってくると、裕太の声が上擦った。

「それで、店長をいかせた、すごい岡崎くんならっ、て思ったの……」

いったいどの場面からのぞいていたのだろうか。確かに最後はいかせることが出来たが、最初はすぐに出してしまい、その後、珠樹や長谷川の協力のもと、4P状態でやっと人妻店長を満足させることが出来たのだ。

「今日の店長、岡崎くんを見る目が違っていたわ」

確かに、それは裕太もそう感じた。

「あの……いつからのぞいていたの？」

「岡崎くんが店長をいかせたところ」

なるほど、一番のクライマックス部分だけをのぞいていたようだ。だから、勘違いしているのだ。裕太をエッチの達人だと……。

「そんなに見ていたわけじゃなくて、ちらっとのぞいたら、岡崎くんが立ったまま、店長とエッチしていて……すぐに顔をそむけたら、いくつ、ていう店長のすごい声が聞こえてきて」

由衣はさらに美貌を赤くさせ、ビールを空《から》にさせた。すぐにお替わりを頼む。

どうやら、珠樹や長谷川がいたことは知らないようだった。

「それで、あの……」

裕太は、わかった、と目で伝えつつ、由衣の手を握っていった。

それだけで、由衣がぴくっとスレンダーな肢体を震わせた。

不感症どころではない気がした。裕太は調子に乗って、一日中ずっと触りたくて仕方がなかった由衣の太腿に、手を乗せていった。

カウンターの下で、そろり、と撫でる。

「あっ……」

と由衣がぴくぴくっと下半身を震わせる。

由衣の肌はぴちぴちで、すべすべだった。撫でているだけで、幸せな気分になる。

「ああ……恥ずかしい……こんなとこでなんて……岡崎くん、大胆ね……」

由衣がはにかむような表情で、ちらちらっと裕太を見やる。恥ずかしそうに太腿と太腿をすり合わせている。

ふと、その隙間に手を滑りこませたくなり、牡《おす》の衝動のまま、由衣の太腿と太腿の間に触手を入れていった。

手のひらだけでなく、手の甲にも太腿を感じ、裕太はにやけた。

「ああ……やっぱり……ああ、すごいわ……元カレとはぜんぜん違う……」

裕太の方がすけべなだけのような気もしたが、いい方に勘違いしてくれるのは構わない。

「ああ……身体が熱いの……」

確かに、内腿が汗ばんでくるのを、手の甲と手のひらにじかに感じていた。

もしかして、由衣はスリリングな状況で感じるのかもしれない。裕太は一か八か、賭けることにした。

普通に部屋に誘って、普通にベッドの上で抱いても、由衣を喜ばせられるかどうかわからなかった。

裕太は由衣の手をあらためて握ると、ストゥールから降りた。ぐいっと引っ張るようにして、トイレへと向かう。

トイレは通路の奥にあった。

男性トイレのドアを開き、由衣を中に入れる。そして洗面台に押しつけると、いきなり唇を奪った。

「うっ……うう……うっんっ……」

最初は拒むような動きを見せたが、すぐに裕太の口を受け入れ、舌先で突くと、唇を開いていった。

すぐさま、舌を忍ばせ、由衣の舌にからめていく。

「うっ……うう……」

由衣の身体がぴくっと動く。やはり、反応はいい。

裕太は舌をからめつつ、超ミニの裾をたくしあげた。そして、パンティ越しにクリトリスを突く。

「あっ、あんっ……」

唇を離し、由衣が熱い息を洩らす。

「不感症じゃないよね」

そう言いながら、クリトリスを突き続ける。

「あっ、だめっ……あっんっ……こんなとこじゃ……あっん、だめよっ……ああ、岡崎くん、いじわるっ」

甘い声を洩らしつつ、由衣がなじるような目を裕太に向ける。けれど、その目はしっとりと潤んでいた。

裕太はその場にしゃがむと、パンティが貼り付く由衣の恥部を見た。

由衣のパンティは淡いピンクだった。ローライズタイプで、フロントの面積は狭かった。

「い、いや……恥ずかしい……見ないで、岡崎くん」

由衣はすらりと伸びた生足をくねらせてはいるが、ミニの裾を引いたりはしなかった。

裕太はパンティを掴むと、ぐっと引いた。すると、由衣のアンダーヘアーがあらわれた。

「うそっ……ああ、うそうそっ」

由衣は剝き出しにされた恥部を右手で覆った。裕太は由衣の手首を掴み、ぐっと脇にやる。

それには逆らわなかった。うそ、と言いつつ、ヴィーナスの恥丘を裕太の鼻先に晒している。

やはりスリリングなことで感じるようだった。だから、閉店後のスーパーのフロアで、人妻店長と立ちバックをやっていた裕太に、昂ぶったのだろう。

由衣の元カレは別に下手《へた》ではないのかもしれない。普通に抱かれても、由衣は感じないのだ。

「綺麗な生えっぷりだね」

とわざと感想を口にしてみた。

すると、見ちゃ駄目、と言いつつ、由衣が剝き出しの下半身をくなくなさせる。

由衣の陰りは薄かった。ヴィーナスの恥丘を漆黒のヘアーが飾っているだけで、おんなの縦筋の脇には産毛《うぶげ》程度しか生えていなかった。

だから、いきなり割れ目が剝き出しだった。それを、裕太は撫でていく。

「あっ、だめっ……」

「開くよ。由衣のおま×こ、見ていいだろう」

といきなり、名前を呼び捨てにしてみる。

「だめ……開いちゃ、だめよ、裕太くん」

と由衣も裕太を名前で呼んできた。

だめ、という声は甘くかすれていた。開いていいよ、見ていいよ、と言っているのだと解釈し、裕太は居酒屋のトイレの中で美女の割れ目をくつろげていった。

「あっ、うそっ」

裕太の目の前で、花園が広がっていく。

それは目が覚めるようなピンク色だった。ここだけ見れば、まったく汚されていないように見える。

実際、由衣は数回エッチしただけと言っていたし、感じなかったと言っていたから、汚されていないも同然と言えた。

「綺麗なおま×こだ、由衣」

「はあっ、ああ……裕太くん……すごい……こんなこと……由衣にする人、はじめてだよ」

まあそうかもしれない。

ピンクの美麗な花びらを見ていると、じわっと潤みはじめるのがわかった。

「濡れてきたよ」

とわざと言う。

「ああ……うそ……私、元カレの時は……ああ、濡れなかったのに……ああ、見られているだけで、濡らしちゃうなんて……ああ、私じゃないみたい」

花びらが潤むと同時に、由衣のおま×こから由衣特有の匂いが濃く薫りはじめる。

地ビールを売っている時、時々かすかに香ってくる匂いを煮詰めたような薫りだ。

裕太は美女の匂いに誘われるように、花びらに顔を埋めていった。鼻をぐりぐりと女穴に入れる。

「ああっ、うそうそっ……ああっ、裕太くんっ、ありえないよっ」

ありえない、と言いつつ、由衣は腰をくねらせるだけで、逃げたりはしない。

顔面が由衣の匂いに包まれ、裕太は幸せな気分になる。

舌を出すと、ぺろぺろと花びらを舐めはじめた。

「あんっ、だめっ……それはだめっ」

由衣の膝ががくがくと震えはじめる。不感症どころではない。感度良好だ。

愛液がどろりとあふれ、舐めても舐めても、どんどん出てくる。

「ああ、だめだよ……ああ、だめだよっ」

膝の震えが大きくなる。裕太は媚肉を舐めつつ、クリトリスを摘んだ。こりこりところがしていく。

「あうっ……ああっ、なんか変なのっ……ああ、なにこれっ……」

まさか、いくのか、と裕太は舌の動きをはやめ、クリトリスをひねっていった。

「あっ、うそうそっ……これ、これっ……あ、ああっ……いくっ」

いまわの声をあげて、由衣ががくがくとスレンダーな肢体全体を震わせた。

裕太は立ち上がると、はあはあ、と火の息を洩らしている由衣の肩を掴み、洗面台の方を向かせた。

「見てご覧、すごく綺麗だよ」

と、いったばかりの顔を見させる。

由衣は言われるまま、鏡に映った自分の顔を見つめる。

「ああ、はあっ……これが私……ああ、違う人みたい……」

清楚な顔立ちに、色香が加わり、ぞくぞくする美貌になっていた。

由衣はそんな自分の美貌を、潤んだ瞳でじっと見つめている。

ドアがノックされた。はっと我に返った由衣が、あわててパンティを引き上げた。

裕太が先に出た。中に女がいることを知り、中年の酔客が、にやりと卑猥に口元を弛《ゆる》める。

由衣は美貌を真っ赤にさせつつ、たくしあげられたミニの裾を引いて、逃げるようにトイレを出た。

4

裕太はチャリを運転していた。背後に由衣が跨がり、裕太の腰に両腕をまわしている。

「ああ……裕太くん、やっぱりすごい……由衣、生まれてはじめて……いっちゃった……あんなに、あっけなくいくなんて……信じられないよ」

裕太の方が、もっと信じられなかった。長谷川が処女と踏んでいた清楚な由衣が、居酒屋のトイレでいくなんて……女はわからないものだ。

熱い吐息が、裕太のうなじにかかる。それだけでなく、由衣がニットのセーター越しに、豊満なバストを裕太の背中にこすりつけてきていた。

乳首がこすれて感じるのか、時折、あんっ、と甘い声を洩らしている。

裕太は公園を目指していた。居酒屋を出る時、次はどこに行ったらいいのか、頭を回転させたのだ。裕太の部屋は駄目だ。ラブホもありきたりだ。カラオケボックスも微妙だ。となると、公園しかない。

今夜はこの時期にしては、寒くはなかった。カップルが夜な夜な集まるという噂の公園に向かっていた。

これまでまったく縁がなかったが、裕太も公園デビューだと思った。

公園に入ると、由衣が、はあっ、と熱い吐息を洩らした。ここでやる、とわかったのだろう。

中央に噴水があった。ライトアップされ、噴水が七色に変化している。そのまわりを囲むようにベンチがあり、カップルたちが座っていた。

驚くことにベンチはすべて埋まっていた。抱き合っているカップル。キスしているカップル、そして、ひと組、女がバストもあらわにさせているカップルがいた。

「うそ……」

と言って、由衣がさらに強くバストをこすりつけてきた。

しかも、連れの男は女の背後から腕をまわし、見せつけるように揉みしだいていた。

ちょっと離れた場所に、数人の男たちが立っていた。じっと、バストもあらわな女を見ている。

カップルたちをのぞきに来た男たちだろうが、皆の視線を、おっぱい丸出しの女が集めていた。

裕太はチャリを降りた。由衣も降りる。

裕太は由衣の背後にまわると、ニットのセーターの裾を摑み、いきなり引き上げた。

「えっ、うそっ……」

由衣の声に、男たちがこちらに目を向ける。セーターがたくしあげられ、ピンクのブラに包まれた由衣のバストの隆起が、月明かりと電灯の下にあらわとなった。

「だめだめ……ああ、うそうそっ……見られているよっ」

はやくも、由衣ががくがくとスレンダーな肢体を震わせはじめる。

裕太はブラ越しにバストを摑んだ。するとそれだけで、あんっ、と由衣が敏感過ぎる反応を見せた。

かなりの露出好きなのかもしれない。もしかして、超ミニで地ビールを売りつつ、客たちの視線に一日中感じていたのかもしれない。人妻店長もミニからあらわな太腿を客達に見られて、感じてしまった、と言っていたではないか。

ブラの上から揉んでいるだけだったが、のぞき屋たちの視線を独占していた。バストもあらわな方は、並の顔立ちだった。

けれど、こちらは黒髪が似合うとびきりの美女なのだ。ブラを外す必要はなかった。

「いやいや……見られている……こんなことさせるなんて……裕太くん……凄すぎるっ、ありえないよっ」

由衣は身体を震わせつつ、かぶりを振り続けている。

ブラを取る必要はなかった。これだけで、充分だった。由衣はぐしょぐしょに濡らし、もちろん裕太はびんびんだった。

「いい女だ」

と男たちが近寄りはじめた。のぞき専門の男たちも、清楚な美貌の大胆な恥態にかなり興奮しているようだ。

行くよっ、と裕太は由衣の手を引き、チャリに跨がった。由衣が抱きつくように背後に乗ると、サドルを力いっぱい漕いだ。

「ああ、すごく恥ずかしい」

由衣がブラ越しのバストを、ぐりぐりと裕太の背中に押しつけてくる。裕太のうなじに、熱い吐息がかかる。

由衣はかなりハイになっていた。醒めないうちに、エッチしないと。

裕太は駅前に戻っていく。

すると、道行く酔客たちが、皆、こちらを見ているのに気付いた。

「ああ、みんなこっちを見ているよ。あっ、うそっ」

由衣はニットのセーターをたくしあげたまま、ずっと裕太にしがみついていたのだ。

だから、ブラに包まれたバストの隆起をあらわにさせて、駅前を走っていた。

「恥ずかしすぎるっ」

由衣がチャリを降りて、ニットの裾をぐっと引っ張り、酔客たちの目から逃れるように、雑居ビルに入っていった。

裕太もあわててチャリを降り、由衣の後を追う。

雑居ビルの一階から四階まで、カラオケボックスになっていた。由衣が受け付けをしている。

追いつくと、こっち、と由衣が裕太の手を握って、エレベーターに乗り込んだ。

「ああ、すごくドキドキする」

と由衣が裕太の手をニットの胸元に持ってきた。裕太は導かれるまま、由衣のバストを掴んだ。

「あっ……」

由衣の身体がぴくっと動く。乳首が立っているのだ、と思い、ブラカップにこすりつけるように上下に動かした。

「あっ、あんっ……」

由衣がよろめく。

エレベーターが四階に着いた。大学生風の男たち四人組が待っていた。

超ミニスカが眩しい美人の由衣を見て、ほう、と目を見開き、そして連れの裕太を見て、まじかよ、と言った表情を浮かべる。

北条屋でバイトするまでは、裕太も、まじかよ、とうらやましそうにカップルを見送る方だった。

今は違う。どうだ。いい女だろう。ミニスカの中はぐしょぐしょだぜ。俺がぐしょぐしょにさせたんだ。

手を繋いだまま、カラオケボックスに入った。

5

入るとすぐに、裕太はニットのセーターをたくし上げ、ブラをあらわにさせた。間《かん》髪容《はつい》れずに羞恥責めを続ける。

「あんっ、だめだよ……恥ずかしい」

由衣の美貌が再び真っ赤になる。

裕太はブラカップをぐっと引き下げた。すると、ぷるるんっと豊かな乳房がこぼれ出た。

「うそっ……」

由衣があらわになった乳房を、両腕で抱いた。

けれど、ブラを下げられても、怒ってはいない。ますます、美貌を赤くさせて、すらりと伸びた生足をもじもじさせている。

裕太は由衣のあごを摘むと、その可憐な唇を奪った。すると、由衣の方から舌をからませ、抱きついてきた。シャツに生乳が押し潰されてくる。

裕太は舌をからめつつ、由衣をソファーに押し倒していく。超ミニの裾がめくれ、パンティが貼り付く恥部があらわとなる。

そこに目を向けた裕太は驚いた。

「すごいっ、パンティに沁みがついているよ」

そう言って、由衣に見るように言った。

うそ、と言いつつ、由衣が自分の股間に目を向ける。

ヴィーナスの恥丘にフロント部分がぴったりと貼り付き、割れ目の形が浮き上がるくらい沁みを付けていた。

「ああ、恥ずかしいっ」

羞恥の息を吐きつつも、由衣は浮き上がった割れ目を隠そうとはしなかった。

「ああ、こんなの私じゃないよっ……ああ、こんな私、はじめて見るっ」

「これが、本当の由衣なんだよ」

「うそうそ……ああ、恥ずかしすぎるよ」

そう言っている間にも、あらたな愛液がにじみ出して、沁みが濃くなっていった。

裕太のペニスはずっと勃起したままだった。スラックスの股間がきつきつだ。解放するべく、ジッパーを下げた。

見事に反り返ったペニスが、にゅうっとあらわれた。

「あっ……うそっ……」

裕太のペニスを、由衣が潤んだ瞳で見つめる。

「しゃぶって、由衣」

ソファーに座り、裕太は股間を指差した。

由衣はうなずき、乳房と恥部をあらわにさせたまま、裕太の股間に美貌を寄せてくる。ストレートの黒髪が、さらりと流れ、ペニスの先端を掃いた。

それだけで、裕太は腰を震わせた。

由衣がそっと白い指でペニスの根元を握る。

「ああ、硬い……すごく硬いんだね」

なにかはじめて握ったような感想を洩らす。

由衣は根元を握ったままでいる。ちらちらと、窺うように裕太を見上げてくる。

「もしかして、はじめて？」

うん、と由衣がうなずく。

「でも、エッチはしているんだよね」

「うん。フェラはしたことないの……」

「一度もかい」

「一度も……」

処女ではなかったが、フェラは未経験だと言う。この唇は無垢《むく》なんだ、と思うと、さらなる劣情の血が股間に集まった。

由衣の白い指の中で、ぐぐっとひとまわり太くなる。

「ああ、また、大きくなったよ……」

「さきっぽにキスしてごらん」

うん、とうなずき、由衣が可憐な唇を寄せてくる。ちゅっと先端にくちづけてきた。

「あっ……」

初フェラだと思うと、それだけで、裕太の身体に快美な電流が流れた。

由衣はちゅちゅっとキスを続けている。

「舌を出して、舐めてごらん」

「はい……」

素直にうなずき、由衣はピンクの舌をのぞかせる。そして、恐る恐る、鎌首を舐めてくる。

「ああっ、いいよ……」

由衣はさきっぽばかり舐めてきた。テクとして先端責めをしているわけではなく、さきっぽを舐めてと言われて、それを忠実に守っているに過ぎなかった。

が、理由はどうあれ、黒髪の美人に先端を舐められ続け、裕太は腰をくなくなさせる。

気持ちいいの、という目で由衣が見上げてくる。その潤んだ眼差しがたまらない。

はやくも鈴口から先走りの汁がにじみはじめる。

それに気付いた由衣が、言われる前に、舌を這わせてきた。白い汁をぺろぺろと舐め取っていく。

「ああ、いいよ……由衣……上手だよ」

ここも舐めて、と裏の筋を指差す。由衣がねっとりと舌腹を押しつけてくる。

「ああっ……」

裕太が腰をうねらせる。

「あ、あの……食べても……いいかな」

はにかむような表情で、由衣が聞いてくる。

「食べる？　……ああ、いいよ……咥えて」

由衣が可憐な唇を精一杯開き、裕太の野太い鎌首を頬張っていく。

どんどんと由衣の唇の中に、グロテスクなペニスが呑み込まれていく。

ああ……なんて素晴らしい眺めなんだろう。

カラオケボックスは密室ではあったが、ドアの上半分は透けている。だから、時々、人が通るのが見える。

誰もこちらをのぞかないが、でも、いつのぞかれるかわからない。

そんな状況が、由衣をよりエッチにさせていた。

由衣は根元まで呑み込んでいった。が、すぐに唇を引き、ごほごほと咳込む。

「ごめんなさい……はじめてだから……うまく、食べられなくて……」

全部咥えなくてもいいんだよ、と言おうとしたが、裕太はやめた。根元まで咥えてもらった方が、より気持ちいいからだ。

由衣が再び、反り返ったペニスを咥えてくる。胴体の半ばから、さらに唇を下げ、根元近くまで頬張っていく。

剛毛が由衣の優美な頬をくすぐる。由衣は懸命に全部咥えこもうとする。

「うぐ……うう……うぐぐっ」

裕太のペニスがみんな由衣の唇の中に入った。先端で、喉を突く。

「うぐぐっ……」

由衣がギブアップを知らせるみたいに、裕太の太腿を手のひらで叩く。

それでいて、唇を引くことはしない。美貌を真っ赤にさせて、根元まで咥えている。

「そのまま吸って」

由衣は苦悶のうめきを洩らしつつ、優美な頬をぐっと窪めて吸い上げはじめる。

鎌首近くまで吸い上げると、すぐに根元まで呑み込んでいく。そしてまた吸い上げていく。ペニスがてっぺんから付け根までとろけていく。射精していないのが不思議なくらいだ。

鎌首を吐き出すと、由衣がはあはあ、と深呼吸した。ねっとりと唾液が糸を引いている。

「ああ、欲しい……このおち×ぽ、由衣のあそこに欲しい」

「ここで入れるのかい」

そのつもりだったが、わざと聞いた。

「ああ……ここで入れて……」

「見られるかもしれないよ」

そう言うと、由衣は背後に目を向けて、ドアの上半分が透けていることに気付く。

「ああ……見られたら困る……ああ、でも、今、したら……すごく感じそうな気がするの」

由衣が自らの手でパンティを脱いだ。薄い恥毛に飾られたヴィーナスの恥丘と、剝き出しの割れ目があらわれる。

今、ここであそこに突っ込むんだ、と思うと、由衣の唾液まみれのペニスが震えた。

「跨がっておいで」

由衣は、はい、とうなずき、大胆に両足を開くと、ソファーに腰掛けている裕太の腰を跨いできた。

ニットセーターは鎖骨までたくし上げ、超ミニの裾も大胆にめくったままだ。

裕太の方は、スラックスの前からペニスを出しているだけだ。肌の露出は断然、由衣の方が多かった。

剥き出しの乳房をシャツ越しの胸板に押しつけるようにして、裸同然の由衣がしがみついてきた。

そして、割れ目を鎌首へと下げていく。鎌首が割れ目に触れたが、割れ目が愛液で絖っているため、脇へとずれていく。

「あんっ……」

由衣がむずかるように鼻を鳴らし、鎌首を追うように、腰を動かす。

裕太はなにもしない。由衣のようなとびきりの美人が、裕太のペニスを自ら欲しがっているのだ。

由衣が左手を股間にやり、ペニスを固定させた。そしてあらためて、腰を下げていく。鎌首が由衣の粘膜に包まれた。

「あうっ……ああっ……」

由衣は形の良いあごを反らし、火の息を吐いた。最初、つらそうに眉間に縦皺を刻ませたが、すぐにうっとりとした表情を見せ、腰を落としていく。

それにつれ、裕太のペニスがじわじわと由衣の媚肉に包まれていく。

由衣の媚肉は燃えるようだった。もちろん、ぐしょぐしょに濡れていた。

裕太は由衣のくびれたウエストを摑むと、ぐぐっと一気に突き上げた。

「いいっ！」

由衣が一撃で歓喜の声をあげて、裸同然の身体を震わせた。

強く裕太にしがみついてくる。由衣の甘い体臭がむっと薫ってくる。この密着感がたまらない。

裕太は愉悦に歪む由衣の表情とドアを交互に見ながら、下からぐいぐい突き上げていく。

「いい、いいっ……すごいっ、すごいっ……ああ、こんなのはじめてっ……」

おう、なんてことだ。ちょっと前まで、女の子の手も握ったことさえなかった俺が、同い年の美人女子大生に、こんなのはじめて、と言わせている。

これは奇跡だ。ミラクルだ。

もしかして、俺には女を喜ばせる才能があるのかもしれない。この二十年間、その才能を生かすことなく、自分でペニスをしごき続けていたのかもしれない。

ペニスは自分でしごくものではなく、女にしゃぶらせ、女に突っ込むものなのだ。

「ほらっ、ほらっ、由衣っ。いい声で泣けっ」

由衣の敏感な反応に煽られ、裕太は調子に乗ってぐいぐい下から突き上げ続ける。

「いい、いいっ……おち×ぽ、いいっ……ああ、裕太くんっ、すごすぎるっ」

「聞きましたか、先輩っ。すごすぎるっ、て由衣が叫んでいますっ」

由衣の締め付けもすごかった。

しかし、裕太の突き上げの勢いが衰えていく。

「あんっ、どうしたの、裕太くん」

由衣が鼻を鳴らし、自ら腰をうねらせはじめた。

生まれてはじめて得る肉悦の快感に、由衣はのめり込んでいた。

「ああっ、そんなっ……」

今度は裕太の方が、上擦った声をあげ、腰をくなくなさせはじめる。

すでに突き上げは止めていた。これ以上突いたら、暴発させそうだった。でも、そんなことに関係なく、由衣が裕太のペニスを媚肉で貪っていた。

繋がっている下半身をのの字にうねらせ、おち×ぽいいっ、とよがり泣いている。

「ああ、気持ちいいっ……ああ、裕太くんっ、由衣、おま×こ、気持ちいいのっ」

と由衣がストレートの黒髪を振り乱し、潤んだ瞳を向けてくる。

その妖しすぎる眼差しに、裕太は爆発寸前となった。

どうせ出すなら、思いっきり突けっ、と裕太はとどめの一撃を見舞った。

「いいっ！」

由衣が叫び、強烈に媚肉が締まる。

「おうっ、おうっ」

裕太は隣から洩れてくるカラオケの音を凌駕《りょうが》するような雄叫びをあげて、美人女子大生の中にぶちまけていた。

第六章　店長のお礼

1

地ビールの出店は好評だったので、週末だけではなく、平日もやることになった。

日中はやらず、夕方から、超ミニの由衣と裕太が出店に立っていた。

二人共半被を着ていたが、半被の裾は長めで、ミニの裾は短いため、スカートが半被で隠れてしまっていた。

そのため、ちょっと離れたところから見ると、半被の下はなにも着ていないような錯覚を与えた。

「いらっしゃいませ」

と地ビールの出店に近寄ってきたお年寄り夫婦に、由衣がさわやかな笑顔を向ける。

老人の方は、うんうん、とうなずきつつ、半被からのぞいているぴちぴちの太腿を拝んでいる。男性客には好評のミニスカも、女性客にはどうか、と人妻店長や裕太たちは心配していた。

「あなたには感謝しているのよ」

と連れの老婦が由衣にそう言った。

「感謝、ですか……」

「そう。あなたのミニスカート姿を見て、うちのじいさん、元気になったのよ」

「元気、ですか……」

「やあねえ。あっちが使えるようになったわけじゃないのよ。活力が出てきたの」

と老婦が少女のように顔を赤くさせて、そう言った。由衣も美貌を赤くさせて、剝き出しの足をもじもじさせている。

じいさんの方は、由衣の太腿を見つめつつ、これ貰おうか、と地ビールを指差す。

「ありがとうございます」

と由衣が頭を下げる。裕太も背後で頭を下げる。

深く頭を下げたため、半被と超ミニがたくしあがり、由衣のヒップが裕太の前に突き出された。

いきなり、ぷりっと張った尻たぼが見えて、どきりとする。今日の由衣はＴバックだった。昨夜、エッチに開眼して、下着も大胆になったのだろうか。

地ビールを買った老夫婦がスーパーに入っていく。

ちょうど出てきた人妻店長が、いらっしゃいませ、と老夫婦に挨拶する。当然、じいさんの目はミニスカからあらわな愛梨の太腿に向いていた。

すぐにまた、新しい客が地ビールの出店にやってくる。こちらも老人だった。

「調子いいわね。店内にも本格的に地ビールコーナーを作りたいと思っているの。今後、高めの焼酎も仕入れようと思っているのよ。今日、地域統轄に進言するつもりなの」

「そうですか」

愛梨も、由衣も、裕太も自然と笑顔になる。

そんな愛梨の笑顔が強張った。視線の先を見ると、村田が車を降りていた。こちらにやってくる。

愛梨の方から、村田に駆け寄っていく。

二人はそのまま店長室へと入っていった。

「地ビールの出店が好調で、是非とも、店内に地ビールコーナーを作りたいと思っています。いかがでしょうか、統轄」

店長室に入るとすぐに、愛梨は村田に向かって提案した。

「悪いが、店長を代えることになったよ」

「えっ……」

「K支店の女性なんだが、とてもやる気に満ちていてね。すごく熱意を感じるんだよ」

そう言って、村田が携帯のディスプレイを愛梨に突きつけてきた。

「あっ、ああっ……統轄っ、いい、いいっ……由香里《ゆかり》を……ああ、店長に抜擢してくださいっ……ああ、ああっ、おねがいしますっ」

美貌の女の顔がアップになっている。どうやらバックから突かれている顔を、由香里が自分で撮っているようだった。

「お相手をしているのは、統轄ですか」

「そうだ。どうだい、すごく熱意を感じるだろう」

「ああっ、ああっ、S支店の店長にっ……ああ、由香里をっ……おねがいしますっ

「……由香里、ああ、店長になったら……ああ、なんでもやりますっ」

そうかなんでもやるか、という村田の声が聞こえてくる。

丸山《まるやま》由香里。一年ほど同じ支店で働いたことがある。確か、年は二十九歳。美貌で野心家の女性だった。

同じ支店の時は、反りが合わなかった。プライドが高い女だったが、支店長になるために、身体を捧げているのだ。

「統轄、これをご覧になってください」

と由香里のよがり声を無視して、愛梨はパソコンのディスプレイに最近の売り上げデータを出す。

「このところ、改善策がうまくいっていて、売り上げが伸びてきているんです。もう少し待っていただけませんか」

エクセルのデータを指差してそう説明したが、村田の目はグラフにはなかった。

「いい、いいっ……統轄のおち×ぽ、いいですっ」

携帯のディスプレイをにやにやしつつ、眺めている。

「統轄っ」

と愛梨が呼びかける。

「なんだったかな」

「売り上げが伸びてきているんです。もう少しだけ、待ってくださいませんか」

「丸山くん、いい顔で泣くだろう」

そう言って、携帯のディスプレイをあらためて、愛梨の鼻先に突きつけてくる。

「ああ、はやく由香里を店長にしてくださいっ……ああ、なんでも、ああ、なんでもしますっ……ああ、由香里のこの身体……ああ、統轄のものですっ」

バックから責められ続けている由香里は、カメラに向かって潤んだ瞳を向けて、そう訴えていた。

「丸山くん、なんでもするって言っているんだ。仕事に対する意気込みがすごいだろう。きみにはそんな意気込みがあるかね、白瀬くん」

「意気込みはあります。丸山さんには負けません」

「じゃあ、そろそろ、その意気込みを態度で示してもらおうか」

「だから、今、売り上げが伸びてきています」

「今夜十一時、フロアで待っているんだ。そこで、白瀬くんの意気込みを見せてもらおう。そうだな。素っ裸だ。素っ裸の四つん這いで待っているんだ」

「そ、そんな……」

「素っ裸の四つん這いで待っていなければ、明日から店長は丸山くんに代わることになる」

そう言うと、村田は愛梨に背を向けた。

「売り上げグラフを見てくださいっ、統轄っ。右肩上がりになってきているんですっ」

愛梨の声も虚《むな》しく、素っ裸だ、と言いつつ、村田が店長室から出て行った。

愛梨はパソコンのディスプレイを見つめた。売り上げなど関係ないのだ……この身体が欲しいだけなのだ……。

しかも、丸山由香利はすでに身体を捧げている。店長になったら、なんでもすると言っている……。

パワハラに……女の身体を使った出世……。

最低だった。けれど、ここで引き下がりたくはなかった。三浦由衣は私のために、大胆なミニを穿いて頑張ってくれているのだ。

由衣だけではない。支店で働くパートやバイトのみんなが、一致団結して頑張ってくれているのだ。

あと少しで、前年よりアップになるのだ。あと少しなのだ……。

2

「お疲れ様です」

と店長室にこもったままの愛梨に挨拶をして、裕太と長谷川は店を出た。

「やっぱり変だな」

「そうですね」

店を出るなり、珠樹や由衣、そして紗耶香も近寄ってきた。

みんな、人妻店長のことを心配していた。売り上げが上がっていることを村田に報告すると勇んでいたのに、村田が帰った後は、ずっと店長室にこもりっきりだった。

いつもなら、フロアに出て、客にあいさつしてまわるのに……あきらかにおかしかった。

「たぶん、新しい店長が決まりそうな気がする」

と長谷川が言った。

「新しい店長って……だって、今、売り上げ良くなってきているじゃないですか」

と裕太が言う。

「たぶん、新しい店長も女だな」

「女、ですか……」

「村田はやれる方を店長にしたいんだ。売り上げなんかどうでもいいんだ」

「そんな……やれる方だなんて……パワハラもいいところじゃないですか」

「まあな」

とりあえず、人妻店長が帰るまで見張ろう、と長谷川が言った。

「やるなら、スーパーの中だ」

スーパーのフロアでのエッチを思い出したのか、珠樹がはあっと熱いため息を洩らした。由衣も裕太の横顔を見つめて、頰を赤くさせている。

それから一時間近く、スーパーのそばで、張り込みをした。

十一時近くなっても、人妻店長はスーパーから出てこなかった。やはり、なにかありそうだ、と思いはじめた頃、村田が運転する車があらわれた。

「やっぱりスーパーでやりそうだな」

と長谷川がつぶやき、珠樹が長谷川の手をぎゅっと握った。由衣も裕太の手を握ってくる。そして紗耶香も裕太のもう片方の手を握りしめてきた。

人妻店長のことは心配だったが、両手に花の状態で、裕太はすでに勃起させていた。

「行くぞ」

と長谷川が電柱の陰から出た。後に珠樹、そして裕太、紗耶香、由衣と従う。

「やってたら、どうするの、長谷川くん」

と珠樹が聞く。

「助けないと……」

「助けるのが、店長のためになるのかどうか」

と珠樹が言う。

「とにかく行ってみよう」

スーパーに近寄り、裏口から入っていく。フロアに向かうと、

「いいかっこうだな、白瀬くん」

という村田の声が聞こえてきた。

どんなかっこうをしているんだ、と裕太は村田の声だけで生唾を飲む。由衣も紗耶香もぎゅっと手を握りしめてくる。

棚からフロアをのぞいた。

すると、いきなり四つん這いの白い裸体が目に飛び込んできた。

「うそっ……」

　と由衣が声をあげ、あわてて自分で口元を覆っている。

「もっと、尻をあげるんだ、白瀬くん」

「は、はい……」

　フロアに素っ裸で這っている人妻店長が、あぶらの乗った双臀を村田に向かって差し上げていく。

「なにを黙っているんだ。なにか俺に言うことがあるんじゃないのか」

「あ、ああ……このまま……愛梨を……店長のままで……おねがいします……もう少しで、前年比アップするんです……」

「尻を振りながら、言うんだよ、白瀬くん」

「はい……」

　愛梨は掲げた双臀を、くなくなとうねらせはじめた。

「ああ……愛梨……この支店のためなら……ああ、なんでもします……どうぞ、村田統轄様……愛梨にご命じください」

　店長……と紗耶香と由衣がつぶやく。

「なんでもするんだな」

「は、はい……」

人妻店長の声が震えている。

「じゃあ、這って進め。おまえの店の中を四つん這いで這うんだ」

はい、と愛梨が両手両足を動かしはじめる。

高々と差し上げた尻たぼが、長い足を前へと運ぶたびに、ぷりっぷりっとうねる。

と同時に、重たげに垂れている乳房が、ゆったりと揺れる。

愛梨が飲料品の棚の前を真っ直ぐ進んでいく。その後を、村田が付いていく。

「もっとケツをあげろっ」

ぱしっと村田が尻たぼを張る。

あんっ、と愛梨が声をあげたが、その時、珠樹も、あんっ、と声をあげていた。

お尻をぶたれた愛梨を見て、感じてしまったようだ。

四つん這いのまま、愛梨が棚の角を曲がっていく。

「どうしますか、先輩」

「いやあ、店長が捨て身で店長の地位を守ろうとしているわけだからな」

「パワハラ、セクハラを見逃すの？」

と紗耶香が言う。

「でも……もう少し、様子を見ましょう」

そう言って、長谷川がフロアに出た。飲料品の棚の横を進み、向こう側をのぞく。

「ケツを下げるなと言っているだろう、白瀬くんっ」

ぱしぱしっ、と尻たぼを張る音が聞こえてくる。

「あっ、あうっ……」

「丸山くんは、もっと色っぽく尻を振っていたぞ。きみは、店長への思いが弱いんだよ。やっぱり、丸山くんにやってもらった方がいいかな」

長谷川の背後よりのぞくと、相変わらず四つん這いで這っている愛梨の尻たぼを、村田が張り続けていた。

「店長、感じているわね」

と珠樹が言う。

「そうですか。こんなの、ゆるせません」

と紗耶香が出ようとする。

待って、と珠樹が紗耶香の腕を摑み、止める。

紗耶香は憤っていたが、由衣を見ると、熱い眼差しを村田にいじめられている人妻店長の裸体に向けていた。

はあっ、と熱いため息を洩らし、超ミニからあらわな太腿をもじもじとすり合わせている。

「ああ、愛梨が店長です……ああ、このS支店の店長です……ああ、丸山さんに……渡したくはありません」

そう言いながら、人妻店長が掲げた双臀をのの字を描くようにうねらせている。

その尻の動きはなんともエロティックで、裕太は釘付けになっていた。

村田がスラックスのジッパーを下げ、ペニスを引っ張り出した。

「りっぱね」

と珠樹がハスキーに言う。珠樹の手が、長谷川の股間に伸びている。こちらもジッパーを下げはじめていた。

村田は愛梨の尻たぼを摑むと、ぐっと開いた。

「なにか言うことはないのか、白瀬くん」

ペニスの先端で狭間を突きつつ、村田が愛梨に聞く。

「あ、ああ……あと少しで……前年比でアップします……」

「そんなことはどうでもいいんだよ」

ぱしぱしっと村田が愛梨の尻たぼを張る。

「あうっ……」

「俺のち×ぽは欲しくないのかな、白瀬くん」

「……」

愛梨はなにも答えない。ただただ双臀をうねらせているだけだ。

「助けましょう」

と紗耶香が飛び出した。

3

「やめてくださいっ」

と村田と愛梨のそばに駆け寄っていく。

が、紗耶香が姿を見せても、村田は余裕の表情だった。愛梨も四つん這いの姿勢を崩さない。

「な、なにをやっているんですかっ。これはパワハラですよねっ」

紗耶香が訴える。

「きみは、花屋の麻生さんだね。不倫かもしれないが、パワハラでないよ。そうだな、白瀬くん」

村田は紗耶香の前でも、堂々と勃起させたペニスを出している。愛梨も四つん這いのままだったが、掲げた双臀が恥辱で震えていた。

「は、はい……い、入れてください、統轄。おねがいします」

「聞いたか、麻生さん。この店長が、どうしても私に入れて欲しいって言うから、こんな時間に付き合っているんだよ」

そう言うと、村田は紗耶香が見ている前で、愛梨の尻の狭間にペニスを入れていく。

「やめてくださいっ。こんなこと、ゆるしませんっ」

と紗耶香が叫ぶ。

「不倫かもしれないが、パワハラではないぞ」

村田がずぼりと愛梨をバックから突き刺していった。

「うそ……」

由衣がさらにぎゅっと裕太の手を握りしめてきた。肌が火照っているのか、由衣の匂いが濃く裕太の鼻孔をくすぐってくる。

隣では、ああっ、と長谷川が腰をくねらせていた。珠樹が摘みだした長谷川のペニスをしごいている。

「ああ、おま×こ熱いぞ、白瀬くん」

「ああ……統轄の……お、おち×ぽを……ああ、お待ちしていました……」

と愛梨が言う。

「店長っ、どうしたんですかっ。こんなことをして、店長を続けて、なんの意味があるんですかっ」

と紗耶香が四つん這いの愛梨の横にしゃがみ、肩を揺さぶりながら、訴えかける。

愛梨は紗耶香の声には答えない。

村田が愛梨の尻たぼに指を食い込ませ、ずどんずどんっと突きはじめた。

「あっ、ああっ……統轄っ……」

ひと突きごとに、愛梨が甘い声で反応を示す。

「聞いたか、麻生さん。パワハラで、突っ込まれて、こんな声で泣くかな」

村田は紗耶香に見せつけるように、一撃一撃に力を込めて突いていく。

「ああっ、いい、いいっ……」

「店長……どうしてですか……」

紗耶香が愛梨の肩を揺さぶり続ける。

「ああ……ああっ……麻生さん……ああ、愛梨は……統轄のおち×ぽが……ああ、欲しかったの……ごめんなさい」

「だめっ、こんなことして、店長を続けてはだめですっ」

紗耶香が訴え続けるが、その間も、村田ががんがんバックから突いていく。

そのひと突きひと突きに、愛梨は声をあげていた。

「やっぱり珠樹さんの言う通り、助けるのが店長のためになるのかどうかわからないな」

珠樹にペニスをしごかれつつ、長谷川がそう言う。裕太も、そうかもしれない、とうなずく。裕太は由衣と手を握り締めあっているだけだ。

「店長は、この支店にすべてを捧げているのよ」

と珠樹が言う。

「すべてを、ですか……」

「……ああっ、もっと、もっと愛梨を突いてくださいっ、統轄っ。なにもかも忘れさせてくださいっ」

いいだろう、と村田がぱしぱしと尻たぼを張りつつ、愛梨をバックから突きまくる。

「いい、いいっ……いいっ……」

愛梨のよがり声が甲高くなっていく。

「店長……」

紗耶香にも愛梨の店長への強い思いが伝わったのか、やめろ、と言わなくなった。

「これのどこがパワハラだ、麻生さん」

村田は嬉々とした表情で、人妻店長をバックから突き続ける。

紗耶香という美人の目があって、ますます興奮しているようだ。

ずっとのぞいている裕太たちも異常な興奮の中にいた。S支店にすべてを捧げて村田に突かれている人妻店長の姿は、たまらなく刺激的だった。

「店長……なんかエッチで綺麗」

と由衣がつぶやき、はあっと火のため息を洩らす。

「ああ、もっとっ……もっとくださいっ」

「こうかっ、白瀬くんっ」

「いいっ……たまらないっ」

「店長……」

愛梨のよがりっぷりに、そばで見ている紗耶香もそわそわしはじめる。

「麻生さんも俺に突っ込まれたくなったんじゃないか。さあ、そこに這ってごらん」

「なにを、言っているんですか……」

紗耶香はかぶりを振りつつも、愛梨と村田のそばから離れることはない。

「村田さんっ、白瀬さんを店長から外さないでくださいっ」

そう言いながら、珠樹が愛梨と繋がる村田の前に出て行った。

「私からもおねがいしますっ」

そう言うなり、驚くことに、珠樹が愛梨の隣で四つん這いになっていった。そして自らの手でスカートの裾をたくしあげ、パンティに包まれた双臀をあらわにさせた。

「大橋さん、すごい……」

と由衣が声を上擦らせる。

「珠樹さんは、あの状況で村田に突っ込まれたいだけだぜ」

捨て置かれたペニスを露出させたまま、長谷川がそう言う。そうかもしれない、と裕太もうなずいた。

「大橋さんっ……そんな、私なんかのために」

「いいのよ、店長……私の身体で店長がそのままなら、それでいいの」

珠樹はパンティを下げ、熟れに熟れた双臀をあらわにさせる。

「さあ、村田さん……珠樹にもくださいませ」

「白瀬くん、きみは素晴らしい仲間を持っているな」

村田が愛梨の媚肉からペニスを抜く。先端から付け根まで、愛梨の蜜でぬらぬらだった。

「ああ、すごい濡らしているんですね、店長」

と紗耶香が言う。

「そうだろう。私に突っ込まれて、白瀬くんは喜んでいるんだよ」

そう言いながら、村田は珠樹の尻たぼにペニスを入れていく。

「大橋さん……」

と愛梨が珠樹に潤んだ瞳を向ける。

珠樹は愛梨の手を握ると、あうっ、とうめいた。村田のペニスがバックから突き刺さっていた。

「ああ、すごい……」

由衣の熱い息が裕太の頬に掛かる。裕太は我慢出来ず、由衣の唇を塞いでいった。

「ううっ、うっんっ……」

すぐに由衣の舌がからんでくる。裕太は珠樹が村田に突っ込まれている恥態を見ながら、長谷川の前で由衣とキスしていた。

「まじかよ……」

長谷川が驚きの目を、裕太と由衣に向けてくる。

紗耶香がこちらに戻ってきた。

由衣とキスしている裕太を見て、あんっ、とむずかるような声をあげる。そして、裕太のそばにしゃがむと、裕太の頬を摑み、自分の方に顔を向かせると、すぐさま唇を押しつけてきた。

ぬらり、と紗耶香の舌が入ってくる。

裕太は長谷川と由衣が見ている前で、花屋の紗耶香とも舌をからめていた。

「いい、いいっ……おち×ぽいいっ」

珠樹のよがり声が甲高く響く。

「ああっ、そんなに締めないでっ、大橋さんっ」

「ああっ、珠樹って呼んでくださいっ、村田統轄っ」

「ああ、ああっ……珠樹っ、珠樹っ」

おうっ、と雄叫びを上げ、村田は未亡人熟女の中に射精させた。

「あっ、ああっ……」

あらたな男のザーメンを子宮に浴びて、珠樹がうっとりとした表情を見せる。

「大橋さん……」

中に出された珠樹を、愛梨が心配そうに見つめる。珠樹は恍惚《こうこつ》の表情のまま、ウィンクして見せた。

そしてそのまま、掲げた双臀をうねらせはじめる。

「あっ、ああっ、いいっ、ち×ぽ、たまらんっ」

村田が珠樹に入れたまま、うめく。

「珠樹さんのおま×こはすごいんだよ。おま×この襞々が、勝手に動いて、ち×ぽ全体をくすぐってくるんだ」

と珠樹に骨抜きにされている長谷川が説明する。

裕太は由衣と紗耶香と交互にキスしつつ、うなずく。美女二人とのキスだけで、先走りの汁が大量ににじみ出していた。

「ああ、うれしいです、村田統轄。もう、大きくしてくださって」

「も、もう、大きくなったのか……あ、ああっ……すごいっ……ああ、なんておま×こだ」

「さあ、もっと突いてください」

と珠樹が双臀をさらにうねらせる。

「ああ、突くぞっ」

村田は顔面を真っ赤にさせて、珠樹のおま×こを突きはじめた。

4

それから二週間後――北条屋S支店の売り上げは、近くにショッピングセンターが出来る前まで戻っていた。

店内に地ビールコーナー、そして高級焼酎コーナーも出来、続けて、由衣と裕太が販売を担当していた。酒のツマミも珍味を揃え、その売り上げも好調だった。

中年の男性客、そしてなにより、老人男性の客が増えていた。そしてその老人男性客がたくさん買ってくれていた。

夕方になると、地域統轄の村田が姿を見せる。人妻店長が迎え、店長室に入る。が、すぐに村田は出てきて、クリーニングコーナーに向かう。

そこには珠樹が待っていた。長谷川が受け付けを代わり、村田と珠樹は従業員の休憩室へと消えていく。

これがこのところの日課となっていた。

村田は完全に、珠樹の熟れ熟れの身体の虜《とりこ》になっていた。S支店の売り上げも調子がいいこともあり、愛梨にはなにも言ってこなくなっていた。丸山由香里に店長が代わるという話も、いつの間にか、立ち消えとなっていた。

「ああっ、いいっ」

珠樹のよがり声がフロアまで洩れた気がして、裕太をはじめ、人妻店長や由衣たちがはっとした表情になった。


「ありがとう、長谷川くん、岡崎くん」

長谷川と裕太のグラスにビールを注ぐと、人妻店長が笑顔を向けてきた。乾杯っ、とグラスを合わせる。

ここは愛梨のマンションのリビングだ。長谷川と裕太と珠樹の三人が呼ばれていたが、珠樹は村田との用があると言い、来なかった。

「二人のお陰で、S支店は盛り返したわ」

今夜の愛梨はニットの薄手のセーターに、ミニ丈のスカート姿だった。

ニットがぴたっと上半身に貼り付き、胸元の魅惑のカーブが強調されている。

「店長の頑張りですよ」

と長谷川が言い、そうですよ、と裕太がうなずく。

「二人には、恥ずかしい姿も見られてしまったけれど、私はS支店を守るために、店長の座を守るために、精一杯のことをしたつもりなの」

わかっています、と長谷川と裕太はうなずく。

「明日、タイから主人が一時帰国するの。しばらく、東京にいるみたいなの」

「そうですか、良かったですね」

と長谷川と裕太は笑顔を見せた。

「二人には、特別なお礼をしたいと思っていたの」

「特別な、お礼、ですか……」

長谷川の声が上擦る。長谷川はこれまでずっと珠樹にペニスを握られていて、人妻店長とは一度もエッチしていない。その珠樹が今は、村田のペニスを握っていて、長谷川自身はエッチ無しの状態になっていた。

今は、村田が三発発射の日々を過ごしている。

「ああ……恥ずかしいけど……お礼をしたくて……」

愛梨はごくごくとビールを飲み、はあっと火のため息を洩らすと、ソファーから立ち上がった。ちらちらと長谷川と裕太を見ながら、ニットのセーターを脱いでいく。

ハーフカップのブラに包まれた魅惑のふくらみがあらわれる。

ブラは黒で、半分あらわな乳房の白さが余計眩しく感じられた。

白いふくらみを目にしただけで、裕太はごくりと生唾を飲む。長谷川もやわらかそうな隆起に釘付けだ。

愛梨はすでに鎖骨まで羞恥色に染めていた。はあっ、と火の息を吐きつつ、ミニスカートも脱いでいく。

パンティは白だった。色は清楚だったが、デザインはセクシーで、ヴィーナスの恥丘に当たっている部分だけが、透けていた。

だから、漆黒の陰りがべったりと貼り付いているのがわかった。

「ああ……恥ずかしいわ……」

愛梨がくるりとランジェリーだけの肢体をまわす。すると、むちっと張ったヒップがあらわれる。パンティはTバックだった。

「そのまま、上体を前に倒してください、店長」

と長谷川が言う。

「えっ……」

「倒してください」

そう言いつつ、長谷川が立ち上がり、愛梨のそばに寄っていく。

恥ずかしい、と言いつつ、愛梨は言われるまま、上体を倒していく。それにつれ、Tバックが食い込む尻の狭間が、長谷川に向かって突き上げられていく。

裕太も立ち上がり、人妻店長のそばに寄る。それだけで、甘い体臭が濃くなってくる。

「Tバックを剝き下げてください、店長」

と長谷川が言う。

「ああ……わかったわ……」

愛梨は長谷川に言われるまま、自らの手で、深い尻の狭間に食い入っているTバックを下げていく。

長谷川が愛梨の右の尻たぼに手を置いた。

「岡崎、そっちを頼む」

先輩に言われ、裕太は、はいっ、と左の尻たぼに手を置いた。

「開きますよ、店長」

「ああ……いいわ……好きにして、長谷川くん……岡崎くん……」

すでに、愛梨の声は甘くかすれていた。

さすが先輩だ。どうすれば人妻店長が感じるのか、わかっている。

長谷川がぐっと右の尻たぼを開き、裕太が左の尻たぼを開いていく。

それにつれて、人妻店長の尻の穴があらわになっていく。

「ああ、これが、店長のケツの穴なんですね」

と長谷川が言う。

「あんっ、そんなとこ、見ないでっ……」

視線を感じるのか、愛梨の菊の蕾がきゅきゅっと収縮する。

長谷川は人差し指に唾を塗すと、愛梨の肛門をそろりとなぞった。

「あっ……」

突き出されている双臀が、ぷりっとうねる。

「岡崎もやってみろ」

と言われ、裕太も人差し指を唾で塗し、愛梨の尻の穴をなぞる。長谷川と裕太の二人がかりで、人妻店長の菊の蕾をくすぐっていく。

「あっ、はあっ……恥ずかしい……そこはだめ……」

だめ、という声がハスキーだ。もっとして、というように聞こえる。

長谷川が尻の狭間に顔を押しつけていった。肛門をぺろぺろと舐めはじめる。

「あっ、だめだめっ……やめて、長谷川くんっ」

長谷川は愛梨の尻の狭間に顔を埋めたまま、クリトリスを指差す。

舐めろ、と言っているのだと思い、裕太は愛梨の股間にしゃがむと、恥丘に貼り付いたままのパンティのフロントをめくった。そしてクリトリスにしゃぶりついていく。

「あっ……ああっんっ……」

にわかに、愛梨の声が大きくなった。さすが先輩だと思った。口が二つあるなら、二カ所同時に舐める。これぞ男二人の３Ｐの醍醐味ではないか。

「ああっ、あっんっ……ああ、お尻とクリ、同時になんて……あ、あっんっ……こんなのはじめてっ」

愛梨の身体ががくがくと震える。いきなり、かなり感じているようだ。

長谷川が、指を入れろ、という仕草をしている。裕太はうなずき、クリトリスを吸ったまま、人差し指を人妻店長の割れ目に忍ばせていく。

「あっ、だめっ……」

すでに愛梨の媚肉はぐしょぐしょだった。待ってましたとばかりに、肉襞の群れが裕太の指にからみついてくる。

「ああ、ああっ、だめだめっ……二ついっしょなんて、だめっ」

愛梨の声に、尻の穴の方に目を向けると、長谷川が小指のさきっぽを忍ばせていた。

前と後ろ。二つの穴を同時にいじられているわけだ。

愛梨の媚肉の締め付けが、さらにきつくなっていく。愛液の量も増えていく。

裕太はもう一本、愛梨の中に中指を入れていく。すると中指にざわざわと肉襞がからみつき、最初に入れた人差し指同様、奥へと引きずり込もうとしてくる。

「ああ、すごく締まりますね、店長」

と尻の穴に小指の先を入れている長谷川がうなる。

「ああっ……二ついっしょなんて……ああ、だめ……」

突然、愛梨がその場に崩れていった。うっとりとした顔で、はあはあ、と火の息を吐《つ》いている。

長谷川がスラックスのジッパーを下げていった。ペニスを摘み出す。人妻店長の美貌に向かって、反り返っていく。

裕太も急いでペニスを出す。右から長谷川が愛梨の頬をぴたぴたと張る。

すると、はあっ、と愛梨が甘い喘ぎを洩らす。

それを見て、裕太は左の頬を、鋼のペニスで張っていく。

「あっんっ……おち×ぽで、ぶたないで……」

愛梨がなじるように、長谷川と裕太を見上げてくる。その妖しい眼差しに、二つの鎌首が上下に動く。

愛梨は長い睫毛を伏せると、長谷川の先端にくちづけていった。ちゅっとキスするなり、すぐに裕太の鎌首に唇を押しつけてくる。

長谷川が鎌首を寄せてくる。愛梨が二つの鎌首に、交互にちゅっちゅっとキスをしてくる。

ピンクの舌をのぞかせると、右から左へ向けて、ぺろぺろと、長谷川と裕太の鎌首を舐めてくる。

二つの鎌首を、懸命に舐める人妻店長の表情は、たまらなくいやらしい。

ああ、と火の息を洩らし、長谷川の鎌首を咥えていく。根元近くまで呑み込み、長谷川をうならせると、じゅるっと吸い上げていく。そして唾液の糸を引きつつ、裕太の鎌首を咥えてくる。

「ああっ、店長……」

ペニスがどんどん愛梨の口の粘膜に包まれ、裕太は身体を震わせる。吸いはじめる愛梨の頬を、長谷川が鎌首で突いてくる。

愛梨は突かれるままに任せ、裕太のペニスを吸い続ける。

5

「咥えたまま、四つん這いになってください、店長」

と長谷川が言う。愛梨は言われるまま、裕太のペニスを頬張ったまま、リビングのフロアに両手をついていく。

裕太もそのまま、その場にしゃがんでいく。

人妻店長の背後にまわった長谷川が、尻たぼにしゃぶりついていく。

「うっ、ううっ……」

口と後ろの穴を責められ、愛梨が四つん這いの身体を震わせる。

眉間の縦皺が、なんともセクシーだ。

裕太は愛梨の唇を塞いだまま、両手を伸ばし、ニットのセーターをたくしあげていく。華奢な背中があらわれ、ブラのラインがあらわれる。裕太はブラのホックを外した。

たわわな乳房が重たげに揺れる。裕太はぐぐっとペニスを突き出し、乳房を掬《すく》うように摑んだ。

「う、うう……」

愛梨がうめく。

長谷川が愛梨の双臀から顔を上げた。尻たぼを摑み、ペニスを狭間に入れていく。

「あっ、お尻はだめっ」

裕太のペニスを吐き出し、愛梨が訴える。どうやら、長谷川が人妻店長の菊の蕾を鎌首で突いているようだ。

「おま×こに……ああ、おま×こにください、長谷川くん」

長谷川はうなずくと、バックからずぼりと串刺しにしていった。

「いいっ……」

一撃で、愛梨が歓喜の声をあげる。

「なにをしている、岡崎。口を塞ぐんだ」

愛梨のよがり顔を惚けたように見ていた裕太は、あわてて、反り返ったペニスを開いた唇に入れていく。

情となる。

「ああ、すごく締まりますよ、店長」

ううっ、とうなりつつ、長谷川がぐいぐい突いていく。腰骨が尻たぼに当たるたびに、ぴたぴたと肉音がする。

「うっ、うっ、うっんっ……」

ひと突きごとに、愛梨がうめく。うめきつつ、ぐぐっと強く裕太のペニスを吸ってくる。おま×こを突かれる喜びを、口で伝えているような感じだ。

「ああ、たまりません」

と出しそうな声を先にあげたのは、裕太の方だった。

「まだ、はやいだろう。岡崎。ほらっ、穴を交代だ」

そう言うと、長谷川が愛梨の媚肉からペニスを引き抜いた。

下がりそうになる双臀をぱしっと張り、そのまま突き上げているように言いつける。

「う、ううっ……」

すると、はあっ、と火の息を洩らしつつ、愛梨は言われるままに従う。

口とおま×こ。二つの穴を同時に塞がれ、愛梨の美貌が歪む。がすぐに、恍惚の表さすが先輩である。いっしょに、愛梨を相手にしていると、とても勉強になった。

長谷川が人妻店長の愛液まみれのペニスを揺らしつつ、こちらにやってくる。それを見て、裕太も愛梨の口からペニスを抜く。

こちらは愛梨の唾液まみれだ。それを揺らしつつ、愛梨の背後へとまわる。

先に長谷川が、愛梨の口を愛液まみれのペニスで塞いでいく。

「ううっ、ううっ……」

自分の愛液が付いたペニスで喉まで突かれ、愛梨はうめく。

裕太は尻たぼを摑むと、ぐっと割った。菊の蕾が息づいている。

つい鎌首で突きたくなる長谷川の気持ちがわかる。裕太も愛梨の唾液まみれの先端で、愛梨の尻の穴を突いていた。

「ううっ、ううっ」

愛梨のうめき声が大きくなる。お尻はだめっ、と言いたいのだろうが、長谷川が愛梨の頭を押さえつけている。

裕太はそのまま、力を加えていく。考えるより先に、腰がそう動いていた。

「ううっ、ううっ」

愛梨の双臀が逃げようと動く。裕太はぱしっと張っていた。そして、鎌首を小指の先ほどの蕾にめりこませていく。

「あっ、先輩っ、入りそうですっ」

「入れろっ、そのまま、入れろっ、岡崎っ」

はいっ、とさらに力を入れていく。

すると、ずっと拒んでいた菊の蕾が、ぐぐっと開きはじめた。

「入りますっ、ああ、ち×ぽが入りますっ」

「ううっ、ううっ」

喉までペニスで塞がれている愛梨は、うめくだけしかできない。

「ああ、すごい、いい表情だ、店長」

尻の穴の処女を破られる瞬間の愛梨の表情を、長谷川は堪能している。

ついに、鎌首が尻の穴に入った。

「入りましたっ」

入れた感激と、万力のような締め付けに合い、もともとフェラでいきそうだったこともあり、裕太はすぐに射精させてしまう。

「おうっ、おうっ」

両隣にも聞こえてしまいそうな雄叫びをあげて、裕太は腰を震わせた。

どくどく、どくどくっと飛沫が噴き出すが、尻の穴から逆流し、あふれてくる。

裕太がペニスを抜くと、どろりと尻の穴から出てきた。長谷川も愛梨の口からペニスを抜く。

「ああ……ひどいわ、岡崎くん……いきなりなんて……」

細長い首をねじり、愛梨がなじるような目を向けてくる。がその眼差しは妖しかった。

「すいません、店長」

「岡崎くん……私の後ろの穴の……ああ、最初の男になったわね……」

とハスキーに言う。

「ああ、僕が……店長のはじめての男……」

ザーメンまみれのペニスには、鮮血が混じっていた。

「長谷川くんも……入れて……すぐに終わっちゃったから、お尻の穴がいいのかどうか、わからないわ」

長谷川が四つん這いのままの愛梨の背後に立ち、裕太が処女を破ったばかりの尻の穴に、びんびんのものを当てていく。

「あうっ、ううっ……」

愛梨がつらそうなうめきを洩らす。が、長谷川は構わず、ぐぐっと鎌首をめりこませようとしていく。さっきと違い、裕太のザーメンが潤滑油の働きをしていた。

「い、痛いっ……痛い……」

「店長……」

裕太は前にまわり、愛梨の表情を見つめる。

「ああ、入りますっ、店長っ。ああっ」

「痛いっ……ああ、裂けちゃうっ」

尻の穴に入れられ、眉間の縦皺をさらに深く刻ませる愛梨を見て、裕太のペニスがぐぐっと力を帯びはじめた。

「裕太っ、前の穴に入れるんだっ」

と長谷川が言う。

「前の穴……おま×こですねっ」

裕太は四つん這いの愛梨の下に、身体を滑り込ませた。

ペニスが愛梨の割れ目に向かって反り返っていく。

尻の穴に鎌首を入れたまま、長谷川が愛梨に膝を曲げるように言った。

「ああ……前と後ろ……ああ、二つ……同時に入れるのね」

「そうです、店長」

と長谷川と裕太が答える。声が揃っていた。

愛梨は言われるまま、膝を曲げていく。愛梨の前の割れ目が迫ってくる。

裕太のペニスははやくも完全に復活を遂げた。その先端に割れ目が触れる。

愛梨はそのまま腰を落としていく。割れ目が開き、鎌首を咥えていく。

なんとも卑猥で、なんともエロティックな眺めだ。

「あっ、ああっ……」

「おうっ、すごい締め付けだっ」

鎌首を入れただけの長谷川が大声をあげる。

「出そうですっ」

「まだだめっ。二ついっしょに入れるまで、出しちゃだめ」

人妻店長の方が貪欲になっていた。たぶん、これが最初で最後の３Ｐだからだろう。

裕太も次があるとは思っていなかった。一夜限りの肉の宴なのだ。

「ああっ……ああっ……入ってくるっ、ああ、おま×こにっ……ああっ、たまらないっ」

裕太のペニスが愛梨の蜜壺に呑み込まれていく。

「ああ、すごくきついですっ、ああ、すごいっ、ち×ぽが締め付けられますっ」

元々、愛梨の媚肉の締め付けはきつかったが、さらにきつきつになっていた。処女の愛梨と繋がっているような気になる。

「ううっ……すごいっ……おま×こにも……ああ、お尻の穴にも……ああ、おち×ぽを感じるの……ああ、愛梨の穴……空いていないわ」

さらに腰を落とし、愛梨は尻の穴を鎌首で塞がれつつ、裕太のペニスをすべて咥え込んだ。

裕太が下から突き上げはじめた。

「あっ、ああっ……」

「おうっ、おうっ」

愛梨が肉悦の声を上げ、それに重ねるように、長谷川が雄叫びを上げる。

「すごいっ、岡崎くんっ……ああ、ああっ、すごいっ……」

愛梨が歓喜の声をあげる。

すごいのは別に裕太ではなく、二つの穴を同時に塞いでいる状況だと思ったが、人妻店長にすごい、と言われて悪い気はしない。

すでに一度出している裕太は、ここぞとばかりに下からぐいぐい突き上げていった。

「いい、いいっ……すごいすごいっ」

「ああっ、出そうですっ」

「まだめっ……ああ、我慢して、長谷川くんっ……ああ、もっと、二つのおち×ぽを……感じていたいのっ」

裕太の目の前で、愛梨の乳房が揺れている。乳首がとがりきっている。

裕太は二つとも摘むと、ぐぐっとひねっていった。

「あうっ……いい、いいっ……たまらないっ」

前と後ろ、二つの穴が万力のように締まる。たまらず、長谷川が射精させた。

「あっ……ああ……」

尻の穴に二発目のザーメンを浴びて、愛梨がぶるぶると下半身を震わせる。

「そのままでいて、長谷川くん。おち×ぽ、抜かないで」

「ああ、抜けませんっ。ああ、ああっ、先端を締め上げられていますっ」

長谷川がうなり声をあげて、下半身を震わせている。

「もっとつ、ひねってつ、乳首をひねってつ、岡崎くんっ」

裕太も強烈な媚肉の締め付けに腰をくねくねさせつつ、さらに乳首をひねっていく。

「あうっ、ううっ……」

愛梨の身体は、肉悦のあぶら汗にまみれ、ぬらぬらと絖光っている。

「ああ、あああっ……もう、大きくなってきましたっ」

と長谷川が驚きの声をあげる。鎌首を入れているだけだったが、抜ける前に力を取り戻していた。

「ああ、岡崎くんっ、もっと突いてっ」

はいっ、と裕太は突き上げに力を入れる。

「いい、いいっ……ああ、すごいっ、岡崎くんっ……」

「ああ、店長、出ますっ」

「ああ、いかせてっ、このままいかせてっ」

くらえっ、と子宮を叩き上げ、裕太は射精させた。

「いくっ……いくいく……いくいくっ」

愛梨がいまわの声を絶叫し、二つの穴を塞がれた身体をがくがくと痙攣《けいれん》させた。

6

それから三週間ほどが経った——北条屋S支店の売り上げはアップしたままの状態を維持していた。

昼過ぎ、人妻店長が出勤してきた。今日は、タイに戻る夫を成田まで見送るため、午前中は休んでいたのだ。

お疲れ様、と愛梨がパートの主婦たちやバイトたちに声を掛けていく。

地ビールコーナーに、愛梨が近寄ってきた。

「お疲れ様」

と愛梨が笑顔を向けてくる。泣き腫《は》らした痕がまだ、人妻店長の美貌に残っていた。そんな愛梨の表情に、裕太はペニスを疼かせていた。

それから一週間ほどが過ぎたある午後。

地ビールの補充のため、スーパーの裏手の倉庫に入った裕太に、人妻店長が近寄ってきた。

「今夜、残業をおねがいしたいの」

「わかりました。先輩もいっしょですか」

「いいえ。岡崎くんだけよ。長谷川くんには黙っていて」

「そ、そうですか……」

人妻店長と二人きりの残業……。

期待に裕太のペニスが疼く。すると、愛梨がそっと美貌を寄せてきた。

裕太の耳元で、

「はじめての男は忘れられないのよ、岡崎くん」

と囁いた。

「は、はじめての……男ですか……」

確かに、後ろの処女は裕太が頂いた。

ああ、また、人妻店長の尻の穴に入れることが出来るのか。

地ビールが入った段ボール箱を持つ手が震えた。


(了)

※本書は二〇一三年一一月に刊行された竹書房ラブロマン文庫『店長は美人妻』の新装版です。

※本作品はフィクションです。作品内に登場する団体、
人物、地域等は実在のものとは関係ありません。

長編官能小説

店長《てんちょう》は美人妻《びじんづま》

〈新装版〉

2024年2月20日　初版第一刷発行

著者……………………………………………… 八神淳一

ブックデザイン……………… 橋元浩明（sowhat.Inc.）

発行所……………………………………株式会社竹書房

〒102-0075　東京都千代田区三番町８－１

三番町東急ビル６F

email：info@takeshobo.co.jp

https://www.takeshobo.co.jp

印刷所……………………………中央精版印刷株式会社